In »Blockes-Berges Verrichtung«, dessen 1. Auflage 1668 erschien, haben wir eine Art Lehrbuch des Hexenwesens vor uns, wobei der als die deutsche Hexenversammlungsstätte berühmt-berüchtigte Brocken oder Blocksberg im Harz, der auch titelbestimmend gewesen ist, als Ausgangspunkt der ganzen Darstellung dient. In dem Werk ist eine Vielzahl antiker, mittelalterlicher und zeitgenössischer Quellen verarbeitet. Das Buch wendet sich übrigens nicht an ein enges Fachpublikum, etwa Theologen und Juristen – wie es der »Hexenhammer« tut –, sondern an breitere Leserschichten. Die belehrende und unterhaltende Darstellung entspricht der Tendenz zum Volksschriftsteller und -pädagogen, die wir auch sonst bei Praetorius beobachten können. Der Autor, eigentlich Hans Schultze, latinisiert Johannes Praetorius, stammt aus der Altmark, wo er am 22.10.1630 in dem Dorfe Zethlingen als Sohn eines Gastwirts, der wohl zugleich das Amt des Dorfschulzen innehatte, geboren wird. Seit 1652 studiert er in Leipzig Poesie und Naturwissenschaft und wird 1655 Magister. In der Folgezeit hält er in der Pleißestadt Vorlesungen über Astronomie, Chiromantie und Geographie und betätigt sich nebenher als Schriftsteller. Bis jetzt kennen wir von ihm über 40 Schriften. Bis an sein Lebensende in Leipzig wohnend, stirbt er am 25.10.1680 an der Pest, die damals dort wütet.

insel taschenbuch 402

Hexen-, Zauber- und Spukgeschichten aus dem Blocksberg

Titelbild der Originalausgabe von »Blockes-Berges-Verrichtung« aus dem Jahre 1669.

Johannes Praetorius
Hexen-, Zauber- und Spukgeschichten aus dem Blocksberg

Mit Holzschnitten des 15.-17. Jahrhunderts

Herausgegeben von Wolfgang Möhrig

Insel Verlag

Die Abbildung auf der gegenüberliegenden Seite zeigt das Titelblatt der Originalausgabe von »Blockes-Berges-Verrichtung« aus dem Jahre 1669.

insel taschenbuch 402
Erstausgabe

Vertrieb durch den Suhrkamp Taschenbuch Verlag
Umschlag nach Entwürfen von Willy Fleckhaus
Satz: Otto Gutfreund, Darmstadt
Druck: Ebner Ulm
Printed in Germany

Blockes-Berges Verrichtung/
Oder
Ausführlicher Geographischer Bericht/ von den hohen trefflich alt-und berühmten

Blockes-Berge:

ingleichen von der
Hexenfahrt/ und Zauber-Sabbathe/ so auff solchen Berge die Unholden aus gantz Teutschland/ Jährlich den 1. Maij in Sanct-Walpurgis Nachte anstellen sollen.

Aus vielen Autoribus abgefasset/ und mit schönen Raritäten angeschmücket sampt zugehörigen Figuren/
von

M. JOHANNE PRÆTORIO,
Poëtâ Laureatô Cæsareô.

Nebenst einen Appendice vom Blockes-Berge/ wie auch des Alten Reinsteins/ und der Baumans Höle am Hartz.

Zu Leipzig/
Bey Johann Scheiben/ und Franckfurth am Mäyn/bey Friedrich Arnsten zufinden.
Gedruckt Anno 1669.

Der Tod die Jäger jagend. Aus: Geiler von Kaiserspergs ›Sermones‹ De arbore humana, gedruckt von Johann Grüninger, Straßburg 1514

Zur Einleitung: Eine alte Beschreibung des Blocksbergs

℄ Man kann den Blocksberg, wenn es helles Wetter ist, auf 10 Meilen Weges im Umkreis sehen. Etliche geben auch vor, daß sie von diesem Berge aus Magdeburg samt dem Elbstrom erkannt haben. Wer da will auf diesen Berg steigen, der muß anfangs durch viele Hecken und dornige Örter gehen. Und je näher er dem Berge kommt, desto rauher und ungebahnter ist der Weg; und er kann wegen der dicken Bäume und vielen herunter in die Augen hängenden Zweige kaum den Himmel erblikken. Oben auf der Höhe des Berges stehen die Bäume in einem runden Zirkel, als ob sie mit Fleiß so wären gepflanzt worden; und es wächst keiner außer der Ordnung weiter hinein, nur etliche wenige Kräuter findet man daselbst. Bisweilen war auf dem Berge alles mit einem so dicken Nebel umzogen, daß wir an unserer Reise nicht anders, als ob es finstere Nacht gewesen, verhindert wurden. Und überdies, wenn der Wind den Nebel treibt, so kann man miteinander nicht weit sehen, so daß man nicht einmal die erkennen kann, welche kaum drei oder 4 Schritte von einem stehen, es sei denn, daß sie sich melden und durch ihre Stimme zu verstehen geben, wo sie sind.

Bericht über eine Blocksbergstour Anno 1653

¶ Nachdem wir den 5. Juli Anno 1653 bei früher Tageszeit von Ballenstedt abgereist, sind wir um 10 Uhr in Blankenburg angelangt, von wo wir uns weiter und nach eingenommener Mittagsmahlzeit den Reinstein (der nur 1/4 Meile Wegs von Blankenburg entfernt) hinauf begeben und daselbst befunden haben, daß der Reinstein ein uraltes und verwüstetes Haus oder Schloß ist, auf einem ziemlich hohen Felsen gelegen, erbaut von den nunmehr ausgestorbenen Herren Grafen von Reinstein. Ist ein seltsames Gebäude gewesen, in dem fast alle Gemächer, darunter vornehmlich Küche, Keller, Kirche, Saal und Pferdestall, in den Fels hineingehauen sind, so daß man, wenn man hineingeht, nichts als lauter Stein um sich sieht. Und es ist zu mutmaßen, daß dies alles eine überaus große Mühe und Arbeit gekostet hat. Das Haus liegt sehr hoch und ist an einer Klippe des Berges gleichsam angeflickt, aber nunmehr gänzlich verwüstet, jetzt auch mehr einer Räuberhöhle als einem gräflichen Schlosse ähnlich sehend. Wenn ein Schießrohr in den aus Stein gehauenen Gemächern gelöst wird, so schallt und knallt es so, als würde ein Kanonenschuß abgefeuert; wie denn auch, wenn nur ein einziger Schuß in die Luft abgegeben wird, es von den verschiedensten Orten her einen starken Widerhall und vielerlei Echo gibt. Unter andern ist da ein Loch zu finden, das von allerlei kleinen Steinen (welche sonst in der Ebene und nicht auf den Bergen gefunden werden) ausgefüllt ist. Von demselben Ort nun wird als wahrhaftig berichtet, daß dieses Loch von den bösen Geistern angefüllt würde. Denn wenn man die Steine von dort wegnimmt, so kommen dennoch wieder andere dahin, ja auch oftmals die, welche man weggenommen, so daß niemand dessen Ursache herausfinden kann, sondern das Loch allezeit mit den Steinen angefüllt gefunden wird. Es werden auch allerlei Abenteuer erzählt, die sich bei diesem Loche sollen begeben haben, Leute betreffend, die sich in mutwilliger oder frevelhafter Weise unterstanden haben, dort etwas anzustellen.

℄ Nachdem wir uns dann vom Reinstein wieder hinunter begeben und in Blankenburg ein Mahl eingenommen, sind wir noch am selben Tage über Wernigerode bis Ilsenburg gereist. Als wir nun in Ilsenburg (das dem Herrn Grafen zu Stollberg oder Wernigerode gehört und fast am Fuße des Blankenberges liegt) am selbigen Abend angelangt, haben wir beschlossen, am darauffolgenden Morgen in aller Frühe die Reise auf den hohen Blocksberg fortzusetzen. Den 6. Juli nun früh vor Tage haben wir uns aufgemacht und nebst Führer um 2 Uhr früh die Reise angefangen, 15 reitende Personen und 12 Pferde stark. Wir passierten verschiedene Bäche, Brücken und dicke Gebüsche, alles bergaufwärts, und kamen an einem ziemlich hohen Felsen, Ilsenstein genannt, vorbei. Als wir die 2. gute Stunde den Berg hinauf in Morast, über Steine, auf ungebahnten Wegen geritten, wobei die Pferde manchen sauern, unsachten und gefährlichen Tritt haben tun müssen, haben wir wegen des allzu schlechten Weges nicht weiter zu Pferde fortkommen können und sind alle von den Pferden abgestiegen und mußten zu Fuß weitergehen, ja gleichsam hinaufklettern. Ehe wir den höchsten Gipfel des Berges erreicht, brachten wir zu Fuße abermals 2 gute Stunden zu. Die ganze Zeit über, im Hinaufreiten und Hinaufgehen, haben wir ständig dunkles und näßliches Wetter gehabt; und je höher wir auf den Berg kamen, desto dunkler, nässer und kälter wurde es, bis wir endlich auf der Höhe eine solche kalte Luft vorfanden, daß wir es kaum aushalten konnten und daß wir von Reif und Frost alle ganz weiß aussahen, als seien wir beschneit. Unversehens wurden wir dann von Nebel und Wolken dergestalt umgeben, daß wir vor Dunkel und Finsternis einander nicht sehen oder erkennen konnten, sondern einander zurufen mußten. Ja die Wolken strichen bei uns und unseren Häuptern mit solchem Brausen vorbei, daß man wie benommen davon wurde, ganz zu schweigen von der Nässe, die jedesmal von den Dünsten und vorbeistreichenden Wolken auf uns fiel, so daß wir alle wie gebadet aussahen. Als endlich zwischen 6 und 7 Uhr etwa sich's aufzuklären anfing, als es ein wenig hell wurde und die Sonne die meisten Dünste verzehrt hatte und die Wolken abgetrieben waren, konnten wir uns nach allen Orten umsehen, daß einem das Gesicht darüber verging: Denn es schien nicht anders, als wenn wir vom Himmel herab die ganze Welt übersehen könnten, indem alles, was wir sahen und wohin wir sahen, viel niedriger war als der Ort, da wir uns befanden. Und das Auge konnte die Weite um uns herum fast nicht begreifen: Von ohne ist es nicht, daß auf so einem hohen Berge die großen Wunderwerke Gottes genugsam zu sehen und zu verspüren sind, indem man gleichsam in einem Augenblick nicht allein so viele Länder, Fürstentümer und Provinzen des Heiligen Reiches und Deutschlands beschauen, sondern auch die Wirkung der Luft, den Durchzug der Wolken, nicht ohne Verwunderung und Entsetzen, allda sehen und empfinden kann, ganz zu schweigen davon, was für herrliche, kräftige, kostbare und seltsame Kräuter droben wachsen. Als wir uns mit der Betrachtung der in dem Grunde um uns herum liegenden Fürstentümer, Länder und Ortschaften gerade am besten ergötzten, kam unversehens brausend eine Wolke, mit Nebel und Dünsten vermengt, auf uns zu und überschattete uns, so daß wir gleichsam in einem Augenblick in eine Finsternis gerieten und gar nichts sahen, ja einander selbst (ungeachtet, daß wir nahe beisammen standen) nicht erkennen konnten, und aufs neue benetzt wurden, als ob wir stark beregnet würden. Sobald nun die Wolken von uns zu weichen und uns wiederum zu verlassen begannen, sahen wir durch dieselben sowohl unter uns, nach dem Erdboden zu, als auch und insbesondere über uns, nach dem Himmel zu, so etwas wie ein brennendes Feuer, das man durch den Rauch zu sehen pflegt, und zwar aus der Ursache, weil zu dem Zeitpunkt, da wir von den Wolken umgeben waren, es sowohl unten, auf dem Erdreich, als auch und vornehmlich oben, gegen den Himmel zu, ganz klar und hell von dem Sonnenschein war. So geschwind nun die Wolken vorbei waren, konnten wir uns abermals mit besonderer Lust und Ergötzung, so weit es das Auge erleiden konnte, umsehen. Bald aber kamen die Wolken wiederum, ganz wie zuvor, so daß es ständig Veränderung und Wechsel der Luft gab. Bisweilen aber kamen die Wolken etwas zu kurz an uns heran, so daß sie uns nicht berührten, sondern etwas unterwärts an den Berg anstießen und sich so an demselben zerteilen mußten, so daß wir dann abermals unterwärts, nach dem Erdboden zu, alles finster und dunkel, hinaufwärts aber, gegen den Himmel zu, alles hell und klar sehen konnten und somit die Wunderwerke Gottes daselbst gut sichtbar waren. Auf dem Berge oben waren überhaupt keine Bäume, sondern alles war mit langem Gras, Kräutern und Wurzeln bewachsen, alles sumpfig, morastig und voll Moos. Ziemlich oben aber entspringt ein schöner, klarer und gesunder Brunnquell, der einen gar guten Geschmack hat. Unter andern ist eine Wurzel daselbst, die die Krebswurzel genannt wird, denn sie siehet einem Krebs in Farbe und Form sehr ähnlich, welche bei vielerlei Krankheitsfällen der Menschen dienlich und sehr kostbar sein soll. Dieser Ort und Gipfel des Berges ist ziemlich weitläufig, aber es geht gar nicht jäh oder steil hinunter, sondern flacht sich nur langsam ab, so daß man ganz ohne Gefahr oben herumgehen kann. Wenn ein Schießrohr da oben abgeschossen wird, so gibt es nur einen geringen Knall oder gar keinen Widerhall. Daß oben auf dem Gipfel des Berges keine Bäume wachsen, wird der großen Kälte, die dort ständig herrscht, zugeschrieben. Denn herunterwärts, etwa einen guten Musketenschuß von der obersten Höhe herunter, haben wir Bäume in starker Anzahl von allerlei Art gefunden; und dasselbe setzt sich fort bis hinunter in die Ebene.

❨ Als wir nun oben auf dem Berge beinahe anderthalb Stunde lang verharrt und uns umgesehen und der starken Kälte wegen nicht länger ausharren konnten, haben wir uns endlich allgemach wiederum hinunter zu Fuß begeben. 8 Uhr vormittags ist es gewesen, als wir nach ziemlicher Mühe und Arbeit den ganzen unwegsamen und ungebahnten, ja meistenteils sehr morastigen und steinigen Weg bis zur Hälfte des Berges hinab, wo die Pferde auf uns warteten, zurückgelegt, uns daselbst auf die Pferde wiederum gesetzt und vollends hinunter nach Ilsenburg geritten sind. Mit der Herabreise vom Berg haben wir kaum 2 Stunden zugebracht und sind demnach schon um 10 Uhr vormittags unten angelangt, wo wir dann nicht nur schönen, hellen Sonnenschein, sondern vor allem eine starke Hitze vorfanden und somit dieselbe Luft der obersten auf dem Berge ganz unvergleichlich gewesen ist. Nach gehaltener Mittagsmahlzeit in Ilsenburg haben wir uns wiederum zurück nach Ballenstedt begeben und sind daselbst spät am Abend, weil die Distanz 6 Meilen Weges beträgt, angelangt.

Dämonen zum Hexensabbat reitend. Aus: Ulrich Molitor, von den Unholden und Hexen. Konstanz 1489

I. Von unheimlichen Orten

Der Tod und seine dämonischen Helfer lauern überall. Aus: Elluchasem Elimithars, Schachtafeln der Gesundheyt. Illustriert von Hans Weiditz, gedruckt von Hans Schott, Straßburg 1533

Die Sage vom Blocksberg

Prosafassung:

℄ Der Blocksberg oder Brocken ist ein hoher Berg in Thüringen und wird allezeit bis auf 16 Meilen Weges ringsherum gesehen. Dieser ist sehr berühmt in ganz Deutschland wegen der Hexen und Unholde, die da alljährlich in der Walpurgisnacht oder den ersten Mai ihren Konvent und Hof halten sollen, von fernen Orten dort zusammenkommen, mit ihren Teufeln dort buhlen, die Nacht zubringen mit Spielen, Zechen und Tanzen, wie aus ihren Aussagen kundbar.

Versfassung:

℄ In Thüringen ist sehr wohl bekannt
Ein Berg / der Prockelberg genannt/
Welcher Berg / der jetzo beührt/
Über sechszehn Meilen gesehen wird/
Also daß den ferne jedermann/
In Sachsen und Hessen anschauen kann/
Dieweil er hoch und übertrifft
Mit seiner Höh / wie ich bericht/
All Berg in Harz und Thüringen/
Darüber er ganz hoch tut springen/
Über das ist er auch beschreit/
Dieweil nachts zu Walpurges Zeit/
In großer Zahl / wie ich bericht/
Die Zauberinn' mit ihrem Gezücht/
Insgemein einen Reichstag allda halten/
Die jungen sowohl als die alten/
Welche all der Teufel dahin führt/
In geschwinder Eil / wie jetzt berührt/
Auf welchem sie mit tanzen / springen/

Mit saufen auch die Zeit zubringen/
Mit bösen Geistern Unzucht treiben/
Wie solches oft die Gelehrten schreiben/
Wenn aber kommt der Hahnen Geschrei/
So fahren sie wieder heim ohne Scheu/
Über hohe Berg und tiefe Tal/
Bis daß sie kommen allzumal/
Ein jede Hex an ihren Ort/
Wie man solches wohl hat mehr gehört.
Treiben also ohn alle Scheu/
Ihr Hexenwerk und Zauberei
Wider Gott und sein Hlg. Wort/
Auch oftmals anstiften Mord/
Doch können sie / wie ich bericht/
Den frommen Leuten schaden nicht/
Um welche her der Engel Schar
Ein Wagenburg tut schlagen gar.
Ihr rechter Lohn und gewisses Pfand/
Ist Feur, Schwert und ewig Schand/
Ja wenn sie nicht tun Buß auf Erden/
Können sie auch nicht selig werden.

Hexenkonvente bei Clery

❡ Es ist ein allgemeines Gerücht, daß die Hexen ihre Versammlung bei Clery zu halten pflegen. Dort trügen die Teufel zusammen und erzählten sich, was in allerlei Landen hin und wieder sich begeben, denn sie hätten auf alle, auch die geringsten Handlungen der Menschen acht. Dieses diene dann den Hexenmeistern und Zauberern als ein Mittel, aus solchen neuen Nachrichten zu wahrsagen.

Der Hörselberg

Man liest in den thüringischen Chroniken, daß vorzeiten in England eine Königin mit Namen Resuviga gewesen, eine Witwe, welche ihren Ehemann (von welchem sie aus einem sehr niedrigen Stande zu einer hohen Ehrenstufe durch die Heirat ist versetzt worden) so inbrünstig nicht allein im Leben, sondern auch nach seinem Tode geliebt habe und teils mit stetigem Gebete, teils mit Fasten und Almosengeben sich bemüht, die verstorbene Seele aus dem Fegfeuer in den Himmel zu bringen. Wie sie dies nun tut, da wird sie – ich weiß nicht, ob's durch einen Traum oder durch eine Vision mag geschehen sein – erinnert, daß ihr verstorbener Herr, der König, im thüringischen Hörselberge, worin das Fegfeuer sei, verborgen steckt und für seine Sünde büße. (Es soll aber dieser Hörselberg, wie unsere Historien vermelden, daher seinen Namen bekommen haben, weil die in seiner Nähe Wohnenden des öfteren dort ein elendes Geheule, unsinniges Geschrei, verschiedene Stimmen, den Klang von nachgeschleppten Eisenketten gehört haben, darum einer den andern so angeredet: Hier der Seelen Berg! welche Wörter hernach in ein Wort sind zusammengeschmolzen worden und in unserer Sprache somit der Berg seitdem soll Hörselberg genannt worden sein.) Die Königin aber soll, damit sie ihrem Ehegatten näher käme, für seine Sünde Genugtuung leiste und ihm zur Seligkeit verhelfe, nach erhaltener Erinnerung sich mit ihren Gespielen oder Zofen in unsere Landschaft begeben haben und bei genanntem Berge das naheliegende Dorf habe bauen lassen. Und als sich in den benachbarten Ortschaften hin und wieder ein Gespenst habe sehen lassen, soll sie im selbigen

Dorf eine Kirche errichtet haben und diese Satensstätte benannt haben, welche noch bis zum heutigen Tag Sattelstet heißt. Als nun dieses andächtige Weib durch ihr häufiges Bemühen dem Mann zum Himmel verholfen habe, seien ihre Mägdlein, welche wir mit den Ägyptern Nonnen nennen, samt ihrem Geräte, welches sehr viel war, nach Eisenach gegangen, welche Stadt vorzeiten sehr berühmt gewesen, wo sie sich auf dem Petersberg niedergelassen haben sollen.

Die Höhle bei Amberg

¶ Auf den Abend Petri und Pauli Anno 1535 verbanden sich 25 Bürger und Bürgersöhne der Stadt Amberg in der Oberpfalz, um zusammen in einen ungeheuren hohlen Berg, drei Meilen Weges von Amberg entfernt, in einem Gebirge in der Nähe des Dorfes Predenwind gelegen, 900 Klafter tief hineinzugehen, und zwar an einer Schnur (damit sie ungehindert den Weg wieder heraus fänden) und mit Leitern, Lichtern, Fackeln, Hauen, Schaufeln, auch Essen und Trinken (das sie für etliche Tage mit sich genommen und wovon jeder etwas bei sich getragen) versehen. Und sie erlebten viele seltsame Abenteuer und fanden Paläste, Bildwerk, Plätze, rauschende fließende Wasser, quellende Brunnen, doch alles finster und lichtlos, außerdem sehr viele ungeheuer große Riesenbeine, viele tote, verweste Körper von unsäglicher Größe, deren etliche sie zum Wahrzeichen mit sich heraufgebracht, viele Irrgänge und Schlupflöcher, so daß sie alle 25 nacheinander wie die Schlangen durch die Löcher haben kriechen müssen. Sie haben zwei Hauptleute unter sich gewählt, denen sie einen Eid schworen, ihnen zu folgen und bei ihnen Leib und Leben zu lassen. Der eine Hauptmann ist vorgegangen und -gekrochen, der andere hinten nach, damit keiner unter ihnen abwiche. Einer unter den 25, der draußen der Übermütigste war, wurde flüchtig und ist halbtot anhand der Schnur wieder aus dem Berg herausgekommen. Ein anderer unter ihnen hat viele geweihte Kräuter bei sich getragen und ist im Berge mit einem Stein geworfen worden, so daß er stark blutete und fast um ein Auge gekommen wäre. Sie haben aber niemanden gesehen außer der Gestalt eines Weibes, die diesen Wurf getan und welche sie für ein Gespenst gehalten. Zuletzt, als sie nicht weiter gemocht haben, sind sie wieder umgekehrt und erblichen, greulich gestaltet und erschreckend anzusehen, halbtot alle wieder aus dem Berg gekommen, nachdem sie ungefähr 8 Stunden im Berge gewesen waren. Sie haben auch Gewölbe, Paläste, Plätze mit selbstgewachsenen Säulen, Pflastern und Bildern gesehen, als sei es alles in den Berg gehauen, und sind durch einen so breiten Gang gekommen, daß sie alle 25 nebeneinander haben gehen können, und durch einen so engen, daß einer nach dem andern hat kriechen müssen. Dieses ist von Berthold Büchner, welcher selbst mitgewesen, beschrieben worden.

Die Kluft bei der Lawenburg

¶ Anno 1596 ist bei der Lawenburg in Kassuben eine erschreckende Kluft auf einem Berg gefunden worden. Die zu ergründen, hat der Rat zwei Mörder, die des Todes schuldig waren, hineinzulassen beschlossen. Nachdem sie hineingelassen und Grund gefunden, ist dort ein schöner Garten gewesen. Und mitten in dem Garten stand ein schöner Baum, welcher schöne weiße Blüten hatte. Sie haben aber der Blüten keine abbrechen dürfen, sondern sind durch ein Kind zu einem Schloß auf einem großen Platz geführt worden. Auf diesem waren herrliches Saitenspiel und Gesänge zu hören. Auch ist ein König auf einem silbernen Thron von ihnen gesehen worden. Der hat in der linken Hand einen goldenen Zepter gehabt und in der rechten Hand einen Brief, welchen das Kind vom Könige empfangen und den Zweien überreicht.

Der Pilatussee

¶ Unfern von der Stadt Luzern im Schweizerland ist ein rauher hoher Berg, den die Einwohner Frackmont oder Frackberg nennen. Auf diesem Berge ist ein großer schwarzer stehender See, allenthalben von einem finsteren Wald umgeben, welchen die Leute Pilatussee nennen. Und dieser See bleibt allzeit gleich groß, hat keinen Einfluß oder Ausfluß, nimmt nicht zu oder ab und hat ein gräuliches Aussehen. Und es erzählt die Sage, daß man den Leib des Pontius Pilatus, nachdem sich dieser ungerechte Richter selbst umgebracht, in den Tiber geworfen hat, worauf sich im Wasser ein großes Ungestüm erhob, so daß man ihn letzlich in diesen See stürzen mußte. Und das Wasser des Sees soll die Eigenart haben, wenn etwas mutwilliger Weise hineingeworfen und somit das Wasser bewegt und gleichsam erzürnt wird, so entstehe allenthalben in derselben Gegend ein schreckliches Ungewitter, das auch ohne großen Schaden nicht abgehe. Und die Einwohner daselbst sollen niemand gerne auf diesen Berg steigen lassen, damit dieses Wassers halben die Gegend nicht etwa in Not komme.

Die Baumannshöhle

Die Baumannshöhle bei Elbingerode im Harz besitzt viele Gänge, daher das Ende der Höhle nicht zu finden ist, so daß man sich gar leicht verirren kann. So wird berichtet, daß vor entlichen Jahren ein vornehmer Mann, der sich am selben Orte aufgehalten und den Reisenden die Höhle jedesmal gezeigt, sich einmal ganz alleine mit brennenden Lichtern in die Höhle begeben, mit der Absicht, diese weiter zu erforschen. Als ihm nun bei seiner Arbeit die Lichter eines nach dem andern darinnen erloschen und er sein mitgebrachtes Feuerzeug gleichfalls nicht habe finden können, sei es ihm ganz unmöglich gewesen, den Ausgang aus der Höhle wieder zu finden. Daher er denn ganze drei Tage darinnen habe verharren und ohne Essen und Trinken herumirren müssen, bis endlich ein Engel in Gestalt eines brennenden Feuers oder Lichtes erschienen sei, der ihn dann aus der Höhle herausgeführt. Der Mann habe danach aber nur noch drei Tage gelebt.

Kaiser Friedrich im Kyffhäuser

In dem Kyffhäuser Berge soll, wie unsere Leute erzählen, doch weiß ich nicht in was für Schlupflöchern und Höhlen, Kaiser Fridericus sitzen, schlafen, mit dem Kopfe nicken, mit den Augen zwinkern und mit der einen Hand den Kopf halten, solange bis er einst, sein Reich wiederum zurecht zu bringen, aufwachen werde. Doch weiß keiner zu sagen, wann solches geschehen wird.

Unterteufel, Dämonen, Satyrer und Kobolde. Aus: Olaus Magnus, Historia de gentibus septentrionalibus, Rom 1555

Die Jungfer auf Eeland

❡ Es wird berichtet, daß bei den nordischen Völkern hin und wieder Hexenversammlungen und Zusammenkünfte von Unholden sein sollen. Vornehmlich von der Insel Eeland oder Oeland ist solches im Geschrei. Unfern von deren Ufer in nördlicher Richtung steigt ein sehr hoher Berg auf, welchen die Schiffsleute insgemein die Jungfer nennen und mit deren Hilfe sie hoffen, dem unglückseligen Fluß und dem Ungestüm des Meeres zu entgehen. Und die, welche in dem Port sind, beschenken den Berg mit schönen Handschuhen, mit seidenen Gürteln und dergleichen Geschenken, wie man sie den Jungfern zu verehren pflegt, wovon sie dann großen Nutzen haben. Denn es wird erzählt, es sei einst eine Stimme gehört worden, welche dem, der dergleichen Gaben darbringt, verheißen habe, er werde großer Gefahr entkommen. Und der die Stimme gehört und entsprechend gehandelt, sei glücklich vorbeigeschifft, während andere Schiffbruch erlitten hätten. Auf diesem Berg nun, sagt Olaus Magnus, halten die Hexen, die in den nordischen Ländern sind, ihre Zusammenkunft. Und welche sich verweilt, so daß sie zu spät kommt, die wird grausam bestraft.

Das ägyptische Totenmirakel

❡Philippus Camerarius schreibt: Es hat mir ein sehr glaubwürdiger Mann, welcher lange in Ägypten und an anderen Orten in Asien gewesen ist, es auch selbst etliche Male mit angesehen hat, folgendes erzählt: Er habe es nicht nur einmal gesehen, wie an einem Ort bei den Pyramiden in Ägypten (dahin eine große Menge Volks an einem bestimmten Tag im März kommt, um die Auferstehung des Fleisches, wie sie es nennen, anzuschauen) unterschiedliche Leichname aus den Gräbern allmählich hervorragen, nicht zwar in völliger Statur, sondern bisweilen nur eine Hand, bisweilen die Füße, bisweilen der größte Teil des Leibes, welches sich hernach wiederum miteinander unter die Erde versteckt und in sie hineinkriecht.
❡Weil dieses Ding den meisten verwunderlich und befremdlich vorkommt und auch ich es gerne gewisser erfahren wollte, habe ich mich weiter befragt bei meinem Schwager (welcher an diese Örter zusammen mit dem Alexander Schulenburg verreist gewesen), einem vornehmen Mann, ob er dasselbe, was eben erzählt wurde, auch selber erfahren habe oder von anderen gehört. Derselbe hat mir darauf geantwortet, er habe es zwar selber mit Augen nicht angesehen, dennoch habe er es von sehr vielen gehört, daß sich die Sache nicht anders verhalten solle: sie werde in der großen Stadt Kairo und anderen ägyptischen Orten nicht für ein Fabelwerk, sondern für eine sehr wohlbekannte und gewöhnliche Sache gehalten. Des Weiteren zeigte mir dieser Freund, um mir die Zweifel gänzlich zu nehmen, ein italienisches Buch, das vor vielen Jahren in Venedig erschienen, in welchem verschiedene Reisebeschreibungen

vieler venetischer Abgesandter, die in die asiatischen, skythischen, äthiopischen und anderen Grenzgebiete verreist gewesen, wiedergegeben waren. Unter anderen befand sich darinnen auch folgende Reisebeschreibung, deren Titel ist: Uraggio di Messco Alvigi di Giouanni di Alessandria nelle indie, woselbst diese von mir verdolmetschte Rede stand: Am 25. März im Jahre Christi 1540 sind viele Christen, nachdem sie etliche Soldaten von den Janitscharen zu ihrem Schutz zu sich genommen, nach Kairo gereist, zu einem Berg, welcher 2 Meilen von dem Fluß Nil gelegen, wo vor Zeiten die Begräbnisstätte der Alten gewesen. An diesem Ort aber pflegt sich jährlich eine überaus große Menge Volks zu versammeln, um dic begrabenen Leichname aus den Gräbern gleichsam wieder auferstehen zu sehen. Dieses Spektakel hebt an am Donnerstag gegen Abend und währt bis zum Sonntag, alsdann alles wiederum verschwindet. Man kann aber zur erwähnten Zeit etliche Leichname sehen, und zwar so, wie sie vor alters in ihre Sterbekittel sind eingewickelt worden. Man sieht aber nicht, daß sie sich aufrichten, noch viel weniger, daß sie umhergehen. Sondern man trifft da das eine oder andere Glied an, so daß man bald einen Arm anrühren kann, bald ein herausragendes Bein oder einen Fuß oder einen anderen Teil des Leibes zu betasten vermag. Hernach spaziert man ein Stück fort, und wenn man wieder umkehrt zur vorigen Stelle, so findet man den betreffenden Arm, das Bein usw. noch mehr aus dem Sand herausragen. Und wenn man abermals weggeht und sich anderswo hinwendet und dann wiederum zurückgeht, so sieht man allezeit augenscheinlich, wie immer mehr von diesem Glied hervorwächst. Zu genannter Zeit trifft man auch viel Gezelte um den Berg herum an, denn es haben sowohl die Kranken als auch die Gesunden den Wahn, der sie haufenweise herzukommen läßt, daß der, welcher in dem benachbarten oder naheliegenden Gewässer oder auch nur Pfütze sich wasche und bade, und zwar in eben der Nacht, welche dem Freitag vorangeht, seiner Gesundheit trefflich zu Hilfe komme. Aber ich habe dieses Wunderwerk nicht gesehen. Bis hierher die angeführte Reisebeschreibung.

℄ Es tut aber dieser Sache noch ferner Erwähnung Felix Ulmensis Dominicus, welcher an selbigen Orten gewesen und seine Wallfahrt, die er ins Gelobte Land und nach Ägypten gemacht, selber in seiner Muttersprache beschrieben und drucken lassen hat.

Die Bacchanalien auf dem Parnaß

℄ Auf dem Berg Parnasso in Boeotia, welcher dem Apollo geweiht und zugeeignet, wird allewege ein Jahr ums andere das Fest der Bacchanalien oder tollen Fastnacht begangen. Und es werden auch des öfteren die Satyri oder Waldgespenster in großer Anzahl daselbst gesehen und sehr vernehmliche Stimmen gehört, oftmals auch ein Klang von Zimbeln. Macrobius schreibt, daß die Fauni, Satyri und Sylvani, die Wald- und Feldgötter, alle zwei Jahre auf diesem Berge eine Zusammenkunft mit Festgelage und Tanz abhalten, auch auf junge Knaben und schöne Jungfrauen sehr versessen sind und sich befleißigen, dieselben auf mancherlei Weise zu Fall zu bringen.

Liebesdämonen, die für ihre menschlichen Herren kleine Hausarbeiten ausführen. Aus: Olaus Magnus, Historia de gentibus septentrionalibus, Rom 1555

II. Vom Treiben der Hexen und Zauberer

Satan (Pluto) empfängt neu gewonnene Hexen. Aus: Gerard d'Euphrates, Livre de histoire & ancienne Cronique. Gedruckt bei Groulleau. Paris 1549

Wie man zur Hexe wird (= Meders 3. Hexenpredigt)

¶ Es bekennen die verblendeten Menschen alle selbst, daß sie erstens müssen der Hlg. Dreifaltigkeit, Christus, dem christlichen Glauben und der Hlg. Taufe absagen, dieselben verleugnen, abschwören und besonders in der Kirche, wenn der Pfarrherr den Text des Evangeliums liest, alle Worte bei sich selbst Lügen strafen und sich so zu Gottes und Christi Feinden erklären. Denn solange sie noch bei dem christlichen Glauben verharren, solange kann sie der Teufel nicht zu Werkzeugen, allen seinen Willen zu tun, gebrauchen; der christliche Glaube tut ihm alles Herzeleid an. Zum anderen müssen sie auch zusagen, daß sie allen Heiligen Gottes wie auch allen Kreaturen, die den Kindern Gottes zugute kommen, feind seien und sie beschädigen und verderben wollen soviel sie können. Drittens müssen sie zusagen, allein den Teufel als ihren Gott, Herrn und König anzuerkennen und zu verehren und ihm in allen Dingen gehorsam zu sein. Viertens werden sie anders, nämlich in des Teufels Namen, etliche in aller Teufel Namen, getauft. Dabei tragen die anderen Hexen Becken und siedendes Wasser herzu. Und es verrichtet eine solche Taufe entweder der Satan selbst oder eine Hexe. Sie geschieht auch nicht allezeit mittels besonderer Besprengung, sondern oft aus einer Fahrrinne oder Mistpfütze. Der neugetauften Hexe wird ein anderer Name gegeben. Fünftens wird einer solchen, dem Reich des Teufels einverleibten Person alsbald ein eigener und besonderer Huren- oder Buhlteufel gegeben; der hält mit ihr Hochzeit und Beilager, und es sind die anderen Hexen dabei fröhlich. Sechstens führt sie dieser ihr Teufel hernach hin zur Hexenversammlung und wieder zurück, treibt Unzucht mit ihr, befiehlt ihr auch, dieses oder jenes Übel zu tun, samt anderen, die auch einen solchen Befehl haben. Siebentens macht er ihr die große Verheißung, sie nicht allein zu versorgen, sondern auch, sollte sie etwa des Hexenwerks halber eingesperrt werden, aus dem Gefängnis zu befreien, sofern sie nur fest bleibe, nichts bekenne oder, falls sie schon etwas bekannt, dieses bald wieder verleugne. Ist aber alles erlogen, und Gott selbst steht der Obrigkeit in ihrem Amt bei, so daß die Hexen, die gefangen werden, vom Teufel nicht wieder können freigemacht werden, ungeachtet dessen, daß er sie vertröstet, ein solches zu tun, bis man das Feuer unter ihnen anzündet. Darum kommt auch beiden, Obrigkeit wie Pfarrherrn und Seelsorgern, kein schwererer Kasus vor als dieser.

Von den Mitteln, vermöge welcher die Hexen zu ihren Versammlungen fahren

❡ Wenn wir uns in den Historien und mancherlei Geschichten umsehen, so findet es sich, daß die Hexen unterschiedliche Instrumente, ihrer eigenen Aussage nach, gebrauchen, um zu den Orten, an welchen sie ihre Zusammenkunft zu haben pflegen, insbesondere aber zum Blocksberg, hinzukutschen, als da sind teils lebendige Tiere, nämlich Böcke, Ziegen, Kälber, Pegasi oder fliegende Pferde, Säue, Wölfe, Katzen und Hunde, teils leblose Dinge wie Rocken, Ofenkrückeln, Ofen-, Mist- und Heugabeln, Schaufeln, Besen, Raufen, Backtröge und Mulden wie auch Kleiderbürsten, Hüte, Mäntel und dergleichen. Davon schreibt Bodinus: Die Hexenfahrt anbelangend, habe ich vielfach gelesen, daß diese bisweilen mit Einsalben, bisweilen auch ohne Einsalben vor sich gegangen sei, etwa auf einem Bock, bisweilen auf einem fliegenden Pferde, manchmal auf Besen, zu Zeiten auf einem Stecken, vielmals ohne Stecken und ohne irgendein Tier. Etliche fahren ganz nackt dahin, etliche aber bekleidet, etliche des Nachts, etliche des Tages; doch geschieht es gewöhnlich des Nachts, und zwar in der Nacht, die da ist zwischen dem Montag und Dienstag.

❡ Damit stimmt auch überein Wolfgang Hildebrand in seiner »Theurgia«, wenn er dort schreibt, daß die Hexen, wenn sie auf ihr Fest und nach ihren Versammlungen ziehen wollen, sich setzen auf Stecken, Gabeln, Wölfe, Geißen, Katzen, auch ihre Zeremonien dazu gebrauchen und sich salben mit Katzen-, Hunde-, Esels- oder Wolfsschmalz und dann an ihre gewissen Örter, dahin zu kommen sie durch ihre Pedellen berufen sind, durch die Luft fahren, zum Rauchloch und Kamin hinaus. Und er vergleicht ihr Fahren mit einem starken Windeswehen, das eine Feder von der Erde aufhebt, in die Höhe führt und vor sich hertreibt, bis dahin, wo er aufhört zu wehen.

℄ Paracelsus berichtet, daß die Hexensalbe von den Hexen aus dem Fleisch der jungen, neugeborenen Kindlein gemacht werde, welches sie wie einen Brei kochen zusammen mit Kräutern, die Schlaf verursachen, als da sind Mohn, Nachtschatten, Sonnenwendel, Schierling und dergleichen. Wenn nun die Hexen sich mit der Salbe einschmieren und folgende Worte sprechen: oben aus und nirgends an, so sollen sie, seiner Meinung nach, durch die Feuermauern, durch die Fenster und durch andere enge Löcher mit Hilfe des Teufels davonfahren.

℄ Und Paulus Grillandus schreibt, daß viele derjenigen, die er in Italien gerichtet gesehen, bekannt haben, daß jedesmal, wenn sie zur Hexenversammlung fahren wollten, ein Bock an die Tür gekommen sei, auf welchen sie gestiegen und ohne Schmierung und Salbung davongefahren.

Fälle von Luftfahrten

❡ Es hieße der evangelischen Historie spotten, wenn man in Zweifel ziehen wollte, daß der Teufel die Zauberer von einem Ende an das andere wegträgt, zumal doch im Evangelium dessen gedacht wird, daß der Satan unseren Seligmacher Jesus Christus aus der Wüste auf die Zinnen des Tempels und danach auf den höchsten Berg geführt oder weggetragen. Denn der größte und rechtgläubigste Teil der Theologen hält für unzweifelhaft, daß er wirklich mit Leib und Seele weggetragen und transportiert worden sei. Sie gestehen auch zu, der Prophet Habakuk sei gleichfalls mit Seele und Leib nach Babel geführt oder getragen worden, gleichwie auch der Apostel Philippus in der Geschichte der Apostel auf eben diese Weise zu dem Kämmerer aus dem Mohrenland ward getragen.

❡ Wir lesen auch bei dem griechischen Autor Philostratos, daß der Apollonius Thyanäus, welchen etliche heidnische Philosophen beinahe gar zu einem Heiligen gemacht, in wenigen Stunden vom Ursprung des vornehmsten ägyptischen Flusses im Mohrenland bis nach Rom sei weggetragen worden, welches nach gerader Linie nicht weniger denn 2500 Meilen macht. Zuweilen ward er auch von Rom nach Korinth und von Smyrna nach Ephesus hinübergetragen.

❡ Plutarch berichtet, daß einer aus Griechenland nach Crotanam bei Neapel, mehr denn 100 Meilen übers Meer, sei übergesetzt worden.

❡ Auch von Pythagoras meldet man, daß er von Thuria in Metapontus sei übergesetzt worden nach Samos.

❡ Und im Jahre Christi 1221 hat ein Priester von Halberstadt, Johannes Teutonicus genannt, der zu seiner Zeit der verschrieenste Zauberer gewesen, zu Mitternacht drei Messen gesungen, eine zu Halberstadt, die andere zu Mainz und die dritte zu Köln.

ℭ Ja selbst D. Johann Weier, der Beschirmer und Beschützer der Hexen, behauptet, es sei wahr, daß er viele Leute gekannt, die in einem Augenblick von einem Ort in einen anderen seien hinübergeschafft und getragen worden.

ℭ Daß die Hexenfahrt leiblich sei, beweist auch der Autor der »Hundstägigen Erquickstunden« mit gar vielen, sowohl weltlichen als auch geistlichen, Historien und setzt hinzu: Auch hindert oder hemmt nicht die Schwere oder die widrige Leibeshaltung, denn des Teufels Kraft und Macht ist weit größer und kann ganze Berge aus ihrem Sitz heben.

ℭ Mehr Exempel dafür, daß Leute leibhaftig durch die Luft gefahren, sind zu finden bei dem Autor der »Wunderlichen Historien von Gespenstern«, der anführt, daß es Hexen gesehen hätten, wie eine Hexe durch die Luft geführt worden, und daß ein Adliger aus der Lombardei in einer Nacht von Ägypten nach Pavia sei geführt worden. Und Manlius schreibt von einem Heidelberger Doktor, der auf einem Pferd durch die Luft gefahren oder gerissen worden.

ℭ Thomas von Aquino, Durandus Hervet, Bonaventura von Tarantasa und Geraldus Oderus schließen ganz förmlich, daß die Teufel durch ihre natürliche Macht die Leiber von einem Ort an den anderen zu vertragen pflegen.

Hexenfahrten im Geiste

❨ Olaus Magnus berichtet, daß man Hexen gesehen, welche im Schlafe sich heftig bewegten, nicht anders als wenn sie von einem großen Schmerz befallen wären oder auf einem Stuhl oder auf sonst einem Dinge ritten, wie die, die den Pferden die Sporen geben und mit aller Macht davoneilen. Unterdes wären sie nicht aus dem Hause gekommen und wenn sie aufgewacht, so lasch und müde gewesen, als wären sie von einer weiten Reise nach Hause gekommen, hätten danach auch wunderseltsame Dinge erzählt, die sie unterwegs wollten gesehen haben; ja, sie wären auch auf die recht zornig geworden, die ihren Worten keinen Glauben hätten geben wollen.

Johann Weier berichtet über fliegende Menschen

❰ Johann Weier erzählt, er habe in Deutschland einen zauberischen Gaukler gesehen, der sei bei hellem Tag vor allem Volk gen Himmel geflogen. Und als ihn sein Weib an den Füßen gepackt, sei auch sie aufgehoben worden. Und da habe sich die Magd an die Frau gehangen und sei gleichfalls aufgefahren. Sie seien auf diese Weise eine ziemliche, gute Weile in der Luft geblieben, über welches Mirakel das Volk sprachlos gewesen und sich verwundert.

❰ Gleiches Exempel lesen wir in der »Historie Hugos von Fleury«: Ein Graf von Moskau sei in die Luft gehoben und jämmerlich überlaut schreiend davongeführt worden, ungeachtet daß er gerufen: Ach lieber Freund, helft mir! Sei auch hernach nicht mehr gesehen worden, ebensowenig wie Romulus, nachdem er vor seinem Heer in die Luft ist verzückt worden.

❰ Weier schreibt des Weiteren, er habe Leute gesehen, die von den Teufeln hinauf in die Luft getragen wurden. Auch habe man in Deutschland einen Zauberer gesucht, welcher versprochen, die Kinder des Königs Franz aus dem Schloß Madrid zu bringen und in den Lüften von Spanien nach Frankreich zu führen. Er habe das Werk aber nicht ausgeführt, aus Sorge, er könnte die Kinder in Not bringen, so daß sie sich den Hals brächen.

❰ Und was noch mehr ist, er schreibt, daß 8 Teufel in Gestalt eines Fürsprechers eine Sache vor Gericht geführt, wobei es um Geld ging, das ein Wirt von seinem Gast zur Verwahrung empfangen hatte. Alsbald sei der Fürsprecher von seinem Sitz aufgesprungen und habe diesen Wirt, der einen Meineid getan, im Angesicht der ganzen Gerichtsversammlung durch die Luft weggeführt. Und diese Geschichte, sagt er, sei gewißlich in Deutschland geschehen.

℄ Nachdem er viele Exempel solcher teuflischen Entführungen hat angeführt, schließt er, diese seien gewiß und keineswegs Ungereimtheiten.

Fälle von Ekstasen

℄ Plutarch schreibt von einem, Solens genannt, und Plinius von einem Hermotinus Clazomenius und Herodot von einem Philosophen aus Proconese, einem Gotteslästerer und Atheisten, daß sie dermaßen stark in Ekstase seien verzückt worden, daß ihre Leiber gleichsam unempfindlich und wie tot dagelegen. Was den Hermotinus betrifft, so fand sein Feind seinen Leib dergestalt in Ohnmacht, brachte ihn um und verbrannte ihn.

℄ Hieronymus Cardanus aus Mailand, ein vornehmer Philosoph unserer Zeit, hat in seiner »Genesi« schriftlich hinterlassen, daß er durch Ekstase aus seinem Leib verzückt worden sei so oft als er gewollt, dermaßen, daß er sogar ohne leibliche Empfindung gewesen. Aber ich halte dafür, daß alle die, die mit Willen wachend diese Verzückung erdulden, Zauberer seien. Auch bekennt erwähnter Cardanus selber, sein Vater habe dreißig Jahre einen geheimen oder familiären Geist gehabt. Und im allgemeinen pflegen Väter, die Zauberer sind, ihre Kinder ebenso zu erziehen und zu bewerkstelligen, daß sie außer sich selbst verzückt werden.

℄ Ein Neapolitaner schreibt in seiner »Magia naturalis«, er habe eine Probe gemacht mit einer Hexe, die sich, ganz nackt und bloß, mit Schmer habe eingeschmiert und daraufhin in Ohnmacht sei gefallen und ganz ohne Empfindung sei gewesen. Und als sie nach drei Stunden wiederum zu sich selbst gekommen, habe sie seltsame Nachricht aus vielen Ländern, die dennoch wahr gewesen, erzählt.

℄ Der Historienschreiber Olaus berichtet, das Geistverzücken sei sehr allgemein in den nördlichen Ländern;

und die Freunde desjenigen, der dergestalt verzückt wird, pflegen ihn gar wohl zu verwahren, bis derselbe mit großen Schmerzen wiederkommt und einen Ring oder einen Brief oder ein Messer von demjenigen, um des willen sie in Sorgen stehen und der beispielsweise 300 Meilen von ihnen entfernt, als Wahrzeichen mitbringt.

℄ Jakob Sprenger, Inquisitor fidei oder Ketzermeister, welcher sehr viele Hexen zum Feuertod verurteilt, schreibt, daß diese bekannt, sie könnten sowohl im Geist als auch mit dem Leibe verzückt werden, so oft sie wollten.

Eine Hexe wird einer Wasserprobe unterworfen. London 1613

Hexenmale

❨ Bodinus schreibt in seiner »Daemonomania«: Wenn der Teufel ein Mißtrauen zu einem oder zu mehreren, die sich ihm wegen Erlangung bestimmter Dinge ewiglich ergeben haben, bekommt und befürchtet, sie möchten ihm den Dienst wiederum aufkündigen, da begnügt er sich nicht damit, daß er sie drängt, Gott mit deutlichen, ausdrücklichen Worten zu verleugnen, sondern er drückt ihnen auch ein Mal auf, wie Dannaeus im »Dialog von den Hexen« schreibt. Aber den anderen, derer er gewiß ist, drückt er kein Mal auf, wie gleichfalls der erwähnte Autor meldet. Was aber das Mal anbelangt, so ist dasselbe ein bestimmtes, so daß die Richter gemeinhin desselben gewahr werden, es sei denn, es wäre sehr gut verborgen, wie ich denn selbst einem Adligen ein solches wahrgenommen. Es sind etliche, die tragen das Zeichen oder Mal zwischen den Lippen, etliche unter den Augenbrauen, wie Dannaeus schreibt, andere an wüsten oder geheimen Enden, wenn sie befürchten, sie könnten erkannt werden, gemeinhin aber auf der rechten Achsel oder auf den Hinterbacken oder an der Scham.

❨ Herr Albertus von Poitiers, ein Advokat im Parlament, hat mir erzählt, daß er einer Vernehmung eines verklagten Zauberers, der ein Schmied in Chasteau Thiery gewesen, beigewohnt und denselben auf der rechten Achsel gezeichnet gefunden; aber des folgenden Tages habe ihm der Teufel das Malzeichen entfernt gehabt. Über einen gleichartigen Fall hat mir auch Claudius Deffay, des Königs Prokurator in Ripemont, berichtet: Er habe an der Hexe Johanna Herwilerin ein Merkzeichen einmal gesehen, aber des folgenden Tages wahrgenommen, daß es verschwunden gewesen.

Fälle von Blutsverschreibung

❡ Was die ausdrückliche Übereinkunft mit dem Satan betrifft, so ist zu sagen, daß dieselbe zu Zeiten allein mit Worten, unschriftlich, stattfindet. Zu Zeiten aber, wenn sich der Satan besser absichern will, kann er denen, die schreiben können, vor allem ehe sie etwa Begehrtes erlangen, eine versiegelte oder petschierte Handschrift abfordern. Auch müssen sie ihm zuweilen mit ihrem eigenen Blut das Bekenntnis unterschreiben, wie es denn auch zur Zeit des Regiments der Römer zu geschehen pflegte, daß die, die sich zusammen verschworen oder in Freundschaft verlobt hatten, solches mit Blutschriften bekräftigen. Gleichermaßen gebraucht auch der Teufel gegenüber seiner ihm angeschworenen Rotte blutiger Verlöbnis Schriften. So erzählt man von einem Theophilus, daß sich dieser auf ebensolche Weise mit seinem eigenen Blut verschrieben hat. Auch ist's nicht lang her, nämlich im Jahr 1571, daß ein Advokat, dessen Namen ich hier schonen will, unter denen gewesen, welche der blinde Zauberer, der in Paris gehängt worden, angegeben; der hat bekannt, er habe nicht allein mit einer ordentlichen Handschrift sich dem Teufel zu eigen gegeben und Gott verleugnet, sondern dieselbe auch noch dazu mit dem eigenen Blut signiert und unterzeichnet. Zudem haben es auch manche Prozesse erwiesen, daß die Verschreibung zwischen dem Teufel und den Zauberern bisweilen das gesetzte Ziel für 1,2 oder mehr Jahre bestimmt. So findet sich in solchen Verschreibungen, daß einer begehrt, das Zahnweh zu vertreiben, ein anderer, dem viertägigen Fieber oder anderer Krankheit abzuhelfen, doch mit dem Zusatz, andere zu töten oder sonstige greuliche Opfer zu tun.

Hexensabbat

Gedicht I:

ℭ Sieh, wie die teuflisch Hexenrott /
Nachdem sie hat verleugnet Gott /
Ganz schrecklich bei nächtlicher Zeit /
Suchet hie ein elende Freud /
Bald auf ein Berg, bald in ein Tal /
In öden Örtern überall /
Da ihn der Teufel samt den Seinen /
So schrecklich scheußlich tut erscheinen.
Daß man sich billig fürchten sollt /
Und solchem Spiel werden abhold.
Sind ihr doch viel / ja ganze Scharen /
So ungestüm zusammen fahren /
Etlich auf Gabeln in der Luft /
Fahren über hohe Berg und Kluft /
Andre kommen daher auf Drachen /
Etlich auf Bock sich reitende machen /
Ein die ander lockt herbei /
Da man sie lehrt die Zauberei /
Diese lehrt das Gift bereiten /
Ein andere viel Zeichen deuten /
Etliche bringen zu die Nacht /
Mit Fressen / Saufen über Macht.
Ja andere sind so gar verrucht /
Treiben mit dem Teufel Unzucht.
Die übrigen sind bei dem Reihen /
Und sich mit Tanzen tun erfreuen.
Bei ihnen auch stetig aufwart /
Scheußlicher Tier mancherlei Art /
Als Katzen / Schlangen / Kröten und Eul /
So machen ein schreckliches Geheul /

Solches ist ihr Lust / bis sie nach Jahren /
Zur Höllen mit dem Teufel fahren.

Gedicht II (von Clajus):
☾ Böckerreiten / Gabelfahrn / Unzuchttänze / Adlersklauen /
Bärentatzen / Löwenmähn / Teufelslarven sind zu schauen /
Sehet / wie die Königin gelbes Gift zum Fest muß kochen /
Und das alte Hexenvolk zeiget kleiner Kinder Knochen.
Schrecket nicht den Bauersmann Paukenbrummen / Mordgetümmel /
Eulenaugen / Krötenzucht / Schlangenzischen / Wurmgewimmel?
Pfui / ihr tollen Sterblichen! lasset euch nicht so betören /
Wer einmal kommt in die Höll / der kann nimmer wiederkehren.

Eine ausführliche Darstellung des Hexensabbats

Der Autor der »Hundstägigen Erquickstunden« schreibt: Auf welche Weise ich durch einen Geist wundersame Dinge gesehen und gehört, das vernehmt von mir. Es kam aber dieser Geist in der Nacht zu mir, sprach mich kurz an, faßte mich um den Leib und führte mich in einen schönen grünen Wald auf eine überaus große und schöne, mit lieblichen Blumen gezierte Wiese oder Matte. Dort setzte er mich auf einen grünen dicken Eichbaum und sprach zu mir: Fürchte dich nicht! Du wirst hier große Laster sehen und erschreckende Bilder anschauen, die du sonst niemals gesehen hast. Schweige aber still, ich will dich ohne Gefahr oder Nachteil wiederum in deine Kammer bringen. Ich war zwar zuerst etwas bestürzt doch weil mich der Geist so hart umfaßt hatte, daß ich mich von ihm nicht so leicht hätte losmachen können, mußte ich es geschehen lassen.

Die Wiese war nun nicht allein mit allerhand schöngedeckten Tischen, Bänken und großen Herrensesseln, Leuchtern, Bechern, Schüsseln und Tellern auf einem Nebentisch und allen Dingen, welche zu einem herrlichen Bankett gehören, versehen, sondern auch mit einem absonderlichen Theater, einem Lust- oder Tanzhause gleichend, auf dem sich unter andern auch ein überaus kostbarer Sessel, etwa eine Elle über dem Boden aufgerichtet, befand, ohne daß jemand zugegen gewesen wäre. Ich verwunderte mich über das Geschehene aufs höchste, weshalb der Geist zu mir sprach: Guter Freund, habe doch ein wenig Geduld, du wirst bald diesen Platz mit vornehmen Herren und Damen wie auch anderen Leuten gefüllt sehen und dabei Wunderbares schauen wie auch bekannte Sachen, die die Geister, deren ich einer bin, in angenommener menschlicher Gestalt betreiben, wenn sie mit den Menschen Kurzweil haben und sich mit ihnen abgeben. Ich schwieg zwar auf dieses still, dachte jedoch bei mir: Wäre ich wieder in meiner Kammer, ich würde gern der Kurzweil und Wunderwerke entbehren, welche ich sehen soll! Allein, was sollte ich tun, ich mußte stillschweigen. Jedoch fragte ich ihn, was wohl dies für eine Sache sei und was dies für ein Ort im Felde sei, welches mir gleichsam unnatürlich vorkäme, daß sich auf einem flachen Felde ein solcher Ort mit allen kostbaren zu einem Bankett gehörigen Sachen, so kostbar wie ein königlicher Saal oder gezierter Palast, befinden könne. Aber der Geist wollte mir darauf nicht antworten, sondern ermahnte mich, stillzuschweigen und den Ausgang abzuwarten. Jedoch soviel ich vernehmen konnte, ist es möglicherweise nur eine Verblendung der Geister gewesen, und aller Zierat gar kein richtiger, sondern Häute von toten Pferden oder Kühen, wie ich denn oft gehört habe, daß die Geister die Leute verblenden können, als seien sie in einem großen Schloß, da sie doch, als ihnen die Augen geöffnet, sich unter dem Galgen befanden (Gleichermaßen habe ich eine Historie gelesen, daß man dem Hlg. Makarius eine Jungfer vorstellte, welche die Leute wie auch ihre eigenen Eltern durch Verblendung des Teufels für eine Kuh ansahen. Aber nach angeordnetem Gebet, dazu sie der heilige Mann ermahnte, seien ihre Augen aufgetan worden, und sie hätten anstatt der Kuh ihre Tochter und Jungfer wiederum in richtiger, angeborener Gestalt gesehen und nach Haus geführt.). Ich durfte aber nicht davon sagen, verwunderte mich aber und sprach wieder zu dem

Der Teufel liebt eine Hexe. Aus Ulrich Molitor, von den Unholden und Hexen. Konstanz 1489

Geist: Sage mir, was werden denn das für Geister sein, die ich hier in der angenommenen Menschengestalt sehen soll? Werden sie aus der Hölle oder werden sie aus dem Venusberg (von dem die Poeten viel fabulieren) oder woher sonst werden sie kommen? Nein, sprach er, sie werden nicht aus der Hölle noch dem Venusberg sein, sondern es ist eine besondere Art der Geister, welche auf dieser Welt bis zum Jüngsten Tag mit den Menschen umzugehen, zu konversieren und sich mit Tanzen, Buhlen und allerhand Weltfreude zu belustigen pflegen, wozu dieser Platz zugerichtet, wie denn auch bald die Geister und Menschen in großer Anzahl erscheinen werden und wie sich dort eine große Freude unter ihnen einstellen wird, wie Du vernehmen wirst. O weh! O weh! sprach ich abermals, wäre ich wieder in meiner Schlafkammer, ich begehrte solche Sachen nicht zu erfahren, denn wie ich bemerke, wird dies eine Hexenzusammenkunft werden. Und weil so viel Geister zusammen kommen und meiner auf dem Baum gewahr werden, so werden sie mich herunter haben wollen; und da ich mich ihnen nicht ergeben würde wie die Hexen, werden sie mich mit Gewalt herunterziehen und in die äußerste Not, ja wohl gar ums Leben bringen. Nein, nein, sagte der Geist, du brauchst dich nicht zu sorgen; weil ich bei dir bin und du in meinem Schutz bist, darf kein anderer Geist Gewalt über dich nehmen, denn wir Geister sind nicht nur einer, sondern sechserlei Art und Geschlecht auf dieser Welt und somit einer gegen den anderen feindseliger als der andere. Ich aber bin von dem besten Geschlechte der Familiengeister, welche den Menschen, die sich ihnen ergeben, nichts Arges zufügen, sondern ihnen dienen und bis in den Tod was sie versprechen treulich halten. Drauf sprach ich: Weil es also sein muß und ich ohne Gefahr verbleiben kann, so sage mir doch in aller Kürze, was es für eine Beschaffenheit mit den sechserlei Arten der Geister hat und was eines jeden Kollegiums seine Eigenschaft sei. Hierauf ward der Geist willig und sprach zu mir: Obwohl du mir schon nicht verbunden bist, jedoch weil du mich aus dem Glase, in das ich von einem Pfaffen gebannt gewesen, befreit hast, will ich dir viele Geheimnisse offenbaren. Du sollst wissen, daß bei dem Sturz der Geister aus dem Himmel nicht alle zugleich mit unserem Fürsten, dem Luzifer, in die Hölle verstoßen worden sind, sondern:

1. etliche unter die Himmel, welche Spiritus coelestes oder feurige Geister heißen;
2. etliche in die obere Luft als die Luftgeister;
3. etliche auf die Erde als die auf dem Erdreich schwebenden Geister;
4. etliche unter die Erde als die unterirdischen Geister;
5. etliche ins Wasser als die Wassergeister;
6. etliche, welche auf die Menschen Obacht zu geben bis zum Jüngsten Tag relegiert und verordnet worden sind und auch in den Lüften leben.

¶ Ich hätte zwar auf die Rede gerne ein mehreres von den Eigenschaften der Geister vernommen, mußte aber aus Furcht stillschweigen, denn siehe, als ich mich umsah, sah ich den ganzen vor mir liegenden Platz von solchem Glanz und Feuer umgeben und erfüllt, daß ich vermeinte, der ganze Platz stünde in Feuer, welches aber bald nachließ, woraufhin jedoch der Platz mit einer solchen Menge von Pechlichtern erfüllt und erhellt ward, daß ich alles, was darauf vorging, richtig erschauen konnte. Erstens nun sah ich das Theater und darauf einen erhöhten Sessel, auf welchem ein unge-

heurer Bock mit großen Hörnern und erschreckendem Angesicht – neben noch anderen Böcken auf den Nebensesseln beiderseits – saß. Bald kam eine große Menge von Weibern und Männern daher wie ein Kriegsheer auf dem Feld, ein Teil auf Böcken, ein Teil auf großen Hunden und ein Teil auf Stecken reitend, welche alle dem Theater zueilten und auf dem sich einstellten und mit zusammengeschlagenen Händen niederfielen und den großen Bock anbeteten, wie auch ihm zu Ehren etliche, insbesondere die Männer, Pechkerzen, eine große Anzahl der Weiber aber die Nabelschnüre junger Kinder herbeibrachten und opferten, auch gottlose Zeremonien mit Weihwasser und anderen heiligen Sachen in Verächtlichmachung der christlichen Zeremonien dabei vollzogen und den Bock anbeteten.
¶ Hierauf mußte eine jede Person oder Hexe erzählen, was sie seit dem letzten Konvent Böses und Teuflisches ausgeführt hatte. Da hörte ich denn so große und grausame Sachen, daß mir die Haare zu Berge standen. Zuerst, wie sie mit dem Hochwürdigen Sakrament umgegangen seien, wie sie dieses verunehrt und mit Füßen getreten, es nach Haus getragen und in ihre Hexensalbe gemengt und dergleichen unausdenkliche Greuel, welche sie damit getrieben hätten. Ich hörte auch, daß sie die heiligen Sachen und Zeremonien der Kirche wie das geweihte Wachs, das Weihwasser, das Agnus Dei, die Heilige Taufe zu ihren Zauberzwecken, Hervorrufung von Unwetter, Raupen- und Ungezieferplagen, auch Verderb der Früchte gebraucht und damit allerhand Landverderben und Unheil angestellt und verübt; nicht allein junge Kinder, sondern auch alte Leute, Kühe und alles Vieh dadurch so bezaubert, daß dieselben zum Teil lahm geworden, zum Teil sogar gestorben seien. Und

was das Allerteuflischste war, das sie erzählten: daß sie neben ihren Ehemännern und Ehefrauen auch mit dem Teufel und Buhlen Hurerei auf unnatürliche Weise, desgleichen mit anderen Personen Ehebruch, Blutschande und Sodomie getrieben hätten. In Summa: sie erzählten solche Laster, daß ich mich darüber entsetzte und bei mir bedachte, ob auch dergleichen abscheuliche Laster in der Welt, ja auch wohl in der Hölle selbst erdacht, geschweige denn begangen werden könnten. Welche nun unter diesen die abscheulichsten Laster begangen hatten, die bekamen von dem auf dem Sessel sitzenden obersten Bock oder Teufel nicht allein die höchste Ehre und Ruhm, sondern er drückte ihnen auch ein Zeichen oder Charakter an, wodurch er sie würdig machte, seine besten und vornehmsten Freunde und nach diesem Leben in seinem Reich seine getreuesten Berater zu sein, welches denn mit einem Kuß, den er ihnen auf ihr Maul gab, bestätigt ward. Die aber wenig ausgerichtet hatten und die Tänze nicht fleißig besucht, waren, wenn sie keine erheblichen Ursachen und Entschuldigungen vorzubringen hatten, gar sauer angesehen und wurden auch geschlagen und, besonders die Armen, gar übel traktiert. Nun waren aber auch etliche anwesend, welche sich zum ersten Mal auf dem Tanz präsentiert hatten. Und obwohl dieselben schon ihren Buhlen alle Treu und Glauben zugesagt und Gott abgeschworen, so mußten sie nun doch auch herbei und dem Obristen sich verpflichten. Erstens mußten sie der Heiligen Taufe und der Lehre des christlichen Glaubens abschwören. Zum andern alle Sakramente, besonders das des Altars, verleugnen, verspotten und das Heilige Kreuz wie auch das Bildnis der Mutter Gottes und aller Heiligen, wo sie könnten, besonders aber zu Haus, mit

Füßen treten und bespeien. Zum dritten mußten sie versprechen, das Hochwürdige Sakrament des Leibes Christi nimmermehr zu empfangen oder, wenn sie dazu gezwungen, sich zu bemühen, es wieder aus dem Munde zu bringen, zu verunehren und zu ihren Zauberzwecken zu gebrauchen. Sie mußten auch geloben, nimmermehr zu beichten oder, sofern sie beichten müßten, damit ihre Zauberei nicht offenbar werde, dieses Verbrechen nicht allein zu verschweigen, sondern auch die ganze Beichte und was sie auf der einen Seite zu Gottes Ehre tun müßten, in dem Namen ihres Buhlen, und des Obristen zu verrichten und in diesem Sinne zu verstehen. Letztlich dann, wenn es ihnen angesagt worden, auf dem Tanz zu erscheinen oder geboten, andere Greuel zu verrichten, daß sie unfehlbar alles treulich befolgen und in allem gehorsam sein wollen. Nachdem nun dieses alles vollzogen, ward ihnen ein großes abscheuliches Buch vorgelegt, darauf sie das Homagium schwören mußten, insbesondere aber, daß sie nimmermehr zu Gott sich bekehren wollten, auch allezeit den Opfern, welche dem Teufel bei den Tänzen und sonst dargebracht zu werden pflegen, andächtig beizuwohnen und sie selbst zu verrichten und zu wahrer Bestätigung ihres Gehorsams anderen diese Kunst zu lernen und sie seinem Reich zuzuführen. Hingegen versprach er ihnen alle zeitlichen und die größten Wollüste der Welt, besonders solche, die sie durch den teuflischen Beischlaf erfahren würden, wie er denn auch einer jeden und eines jeden Buhlen anbefehlen wolle, sie täglich und so oft sie wollten, Nacht und Tag, zu beschlafen und übernatürliche Wollüste und Begierden zu erwecken, wodurch sie dann, wenn es ihnen beliebt, auch schwanger werden sollen und Kinder von ihm bekommen und den Ehemann so verblenden, daß er meine, es seien von seinem Samen gezeugte Kinder. Zudem auch, und welches das vornehmste, wolle er sie nach diesem Leben in Ewigkeit so versorgen, daß sie mit gleicher Gewalt, Ehre und Wollust mit ihm ewiglich in seinem Reich leben und die vornehmsten Räte und Freunde bleiben sollen.

☾ Hierauf wendete der Bock sich herum und zeigte der ganzen Versammlung den Hintern, daran er einen mährigen Schwanz hängen hatte. Den mußten sie zur Bestätigung ihres Homagiums küssen. Ich konnte bei diesem Anblick nicht stillschweigen, sondern fragte meinen Geist, wie dieses zu verstehen sei (denn es kam mir verwunderlich vor, daß so vornehme Manns- und Weibspersonen solch einen scheußlichen Bock küssen und so hoch verehren). Da sprach der Geist zu mir: Den du als Bock siehst, den sehen nicht alle in solch einer scheußlichen Gestalt, sondern nur die, welche schon lange bei der Zauberei gewesen und damit bestätigt haben, daß kein Abfall von ihnen zu Gott mehr zu fürchten. Die Ankömmlinge aber, die du hier in großer Menge siehst und an welchen noch zu zweifeln, ob sie beständig bleiben, die werden und sind verblendet und sehen ihn da nicht in eines Bocks Gestalt sitzen, sondern sie vermeinen, sie sähen ihn als großen Fürsten; und wenn sie seinen Hintern küssen, vermeinen sie, sie küssen ihm die Hände, und etliche, besonders die Weibspersonen, das männliche Glied. Damit mußte ich mich nun abweisen lassen, weil sie sich sämtlich in aller Eile von dem Theater wegbegaben. Ich aber sah dem Geschehen noch ferner zu. Als sie sich nun wegbegeben hatten, mein Gott, wie kam mir doch alles so verwunderlich vor? Besonders weil ich so viele vornehme, bekannte Personen in dieser Gesellschaft sah, welche ich allezeit für die Frömmsten gehalten hatte. Sprach deswegen abermals zu meinem Geist: Wie ist es doch möglich, daß sich diese Leute so schändlich haben verführen lassen und daß doch der größere Teil den Bock als einen Bock sieht und doch so hoch verehrt? Der Geist aber antwortete mir abermals und sprach: Du darfst nicht meinen, daß, als sich diese zum ersten Mal dem Geist ergeben, er sich in so häßlicher Gestalt präsentiert habe, sondern er ist ihnen erschienen in der allerschönsten männlichen und weiblichen Gestalt.

℄ Nachdem die zugerichteten Tische mit Speise und Trank versehen worden waren, setzen sich die Gäste sämtlich zu Tisch, wobei jede Person entsprechend ihrer Vornehmheit ihren Platz einnahm und ihr Buhle sich ihr gegenüber setzte. Die Speisen waren unterschiedlich, zum Teil köstlich, zum Teil schlecht, vorhanden in großer Menge neben vielem Wein, welchen die Geister oder Hexenbuhler anderswoher gestohlen und herbeigebracht hatten. In Summa: es war alles hergerichtet, als wenn es eine ansehnliche Gasterei geben würde. Etliche schlichte Weibs- und Mannspersonen standen vor den Tischen als Aufwärter, unter ihnen auch etliche arme Weiber, das Unterste nach oben gekehrt, um als Leuchter zu dienen. Und es ward eine Musik oder vielmehr ein Geheul von weitem auch gehört, welche doch bisweilen gehört ward als eine liebliche Musik. Es waren unter dem Haufen etliche, sowohl Manns- als auch Weibspersonen, welche sich nicht eher zu Tisch setzen durften, bis sie dem Teufel (welcher sich auf einem hohen Sessel an der Tafel, dann in Gestalt eines großen Hunds, dann eines Bocks, dann eines Fürsten präsentierte) Ehre erzeigt und die Erlaubnis sich zu Tisch zu setzen bekommen hatten. Weil diese bisweilen in ihren auferlegten Werken nachlässig gewesen, mußten sie also zuvor, ehe sie an der Fröhlichkeit teilnehmen konnten, in epikurischer Weise Gott lästern und wurden dann erst zur Fröhlichkeit gleich den andern zugelassen, wenn sie demütig um Verzeihung gebeten hatten, wobei dann wunderliche Stellungen eingenommen wurden: Etliche schlugen die Hände zusammen; etliche bückten sich mit dem Angesicht zwischen ihre Beine hinter sich, so daß statt mit dem Angesicht sie mit ihrer angeborenen Scham den Himmel ansahen und noch andere Greuel trieben. Ehe die Mahlzeit richtig anfing, mußten sie vor dem Tisch ihre Gebete zum Teufel tun und ihn anbeten, welches sie auch, als die Mahlzeit vollendet, wiederholen mußten, dem Teufel Ehre zu erweisen und allein ihn anzubeten und ihm für die Mahlzeit zu danken. Dieser zugerichteten Gasterei wohnten die Teufel bei, etliche in offenbarer und unverdeckter, etliche in verdeckter und vermummter Gestalt; derer etliche hatten sich mit einem Leinengewand, andere mit einem Decktuch, andere als fremde, unbekannte Person verkleidet.

❨ Nach vollendeter Mahlzeit behielten die Geister auch ihre fremde, angenommene Gestalt bei. Und es ergriff ein jeder Geist seine ihm anvertraute Schülerin bei der Hand, fing an, mit derselben zu tanzen; welcher Tanz mit ganz widerlichen und seltsamen, abenteuerlichen Gebärden verrichtet ward, denn sie kehrten die Rücken aneinander, schlossen die Hände zusammen zu einem Kreis und schlugen und warfen die Köpfe gleich den Wahnsinnigen und Närrischen. Etliche hielten brennende Windlichter in den Händen und verneigten sich zuvor vor ihrem Teufel und küßten ihn und sangen demselben zu Ehren garstige und unflätige Lieder. Einer von den Teufeln saß auf einem doppelt gespaltenen Baum und schlug die Trommel; ein anderer setze sich zu ihm und spielte auf der Pfeife; und sie machten den andern einen lustigen Tanz. Ja, es ging so seltsam und wunderlich durcheinander, daß man es nicht hätte wunderlicher erdenken können. Nachdem die Lustbarkeit ein Ende hatte, und es Zeit zu schlafen war, ging eine jede mit ihrem Teufel zu Bette; und sie verübten ihre geile Brunst und teuflische Vermischung. Nach Verlauf einer Stunde erhoben sie sich wiederum aus dem Bette, wobei dies ihr Morgengebet war, daß sie alle verübten und begangenen Bubenstücke und Zaubereien erzählten. Welche nun die allerschrecklichsten und meisten Schandtaten vorzubringen wußten, die wurden von den Teufelsgeistern am höchsten gelobt. War es aber, daß eine nichts wußte zu sagen oder nur gewöhnliche und geringe Dinge anführte, ward dieselbe von einem Teufel oder einem der ältesten und erfahrensten Zauberer verprügelt. Und darauf machte sich eine jede nach Haus. Die nicht weit hatten, gingen zu Fuß, wie sie gekommen waren; die aber weit entfernt wohnten, wurden wie sie hingeführt wieder weggebracht.

❨ Es sagte mir aber mein Geist noch, daß die Hexenzusammenkunft im allgemeinen zu nächtlicher Stunde geschehe, bisweilen freilich auch zu Mittag.

Der teuflische Ursprung des Voltatanzes

❨ Von der neuen welschen Volta, wo man einander beim Tanzen an schämigen Stellen faßt und wie ein getriebener Topf herumhaspelt und – wirbelt, mag man wohl sagen, daß dieser Wirbeltanz, der durch die Zauberer aus Italien nach Frankreich ist gebracht worden, nicht nur voller schändlicher, unflätiger Gebärden und unzüchtiger Bewegungen ist, sondern daß auch das Unglück auf ihm ruht, daß unzählig viele Morde und Mißgeburten daraus entstehen, welches wahrlich von einer wohlbestellten Polizei ist zu erkennen und aufs allerschärfste zu verbieten.

Saint Germain beobachtet Hexen

℄ Aus dem Leben des Saint Germain wird berichtet, dieser sei einst gegangen, sich einen Hexentanz anzusehen. Gleich darauf aber habe er sich zu den Nachtlagern der Ehemänner der betreffenden Hexen verfügt, allda er auch die Ehefrauen vorgefunden.

Eine Hexe küßt Satan den Hintern. Aus: R. P. Guaccius, Compendium Maleficarum. Mailand 1626

Frau Alraune als Symbol des Hexen- und Zauberkrautes. Aus: Cube, Hortus Sanitatis, 1485

III. Von einzelnen Hexen und Zauberern

Der Teufel als Liebhaber der Hexe. Detail einer Holzschnitt-Illustration aus der Inkunabel »Traktatus von der bosen Weibern / die man nennet Hexen«. Ulm um 1490

Der Prediger und die Hexe

❡ Ich las, schreibt D. Johann Geiler von Kaysersberg, weiland Domprediger des Hochstifts zu Straßburg, in einer Predigt, am Mittwoch nach Reminiszere 1508 gehalten, daß ein Prediger kam in ein Dorf, da war eine Frau, die sagte, daß sie des Nachts umherfahre. Der Prediger kam zu ihr und rügte sie deswegen. Auch sprach er, sie solle davon Abstand nehmen, denn sie führe überhaupt nicht umher, sondern würde betrogen. Sie erwiderte: Wollt ihr's nicht glauben, so will ich's euch zeigen. Er sprach, ja, er wolle es sehen. Als es Nacht ward und sie fahren wollte, rief sie ihn, legte eine Mulde, in der man Teig einmacht auf den Dörfern, auf die Bank und setzte sich hinein. Als sie in der Mulde saß, salbte sie sich mit Öl und sprach die Worte, die sie sprechen sollte. So sitzend, schlief sie ein. Da wähnte sie, sie führe und hatte ziemliche Freude inwendig, so daß sie focht mit Händen und Füßen. Infolgedessen aber fiel die Mulde von der Bank, und sie kam unter die Mulde zu liegen und schlug sich ein Loch in den Kopf.

Der furchtsame Junker

❡ Aus Vorwitz und weil ihn seine Mutter dazu überredet, hat es ein bei Melun ansässiger Junker auch einmal gewagt und ist zu einer Hexengesellschaft gefahren. Weil er aber vor Furcht sehr zitterte und zagte, obwohl er Gott nicht nannte, fing der Teufel überlaut an zu rufen: Wer fürchtet sich? Der Junker, der von dieser Stimme noch furchtsamer ward, suchte Wege, sich verdrücken zu können. Aber noch ehe er sich umsah, war die ganze Gesellschaft verschwunden. Als er nun wieder heim kam, wollte er den Zauberer, der ihn zur Hexengesellschaft eingeladen, verklagen. Dieser aber ward es bald inne und entfloh.

Neunerlei Kräuter schützen vor Verhexung

¶ Ich kann mich erinnern, daß ich Anno 1658, gleich am Tage auf St. Johannis, mit ein paar guten Freunden bei Leipzig spazieren und Pflanzen sammeln gegangen bin. Bei dieser Gelegenheit sagte mir der eine, daß er von einem Quacksalber gehört habe, es sei unlängst eine brockenbergische Hexe verbrannt worden, welche bekannt, daß sie allen im Dorfe hätte schaden können, bis auf zwei Bauern, welche neunerlei Kräuter in ihren Häusern gehabt, welche sie an St. Johannis Tag gesammelt hätten.

Verbrennung dreier Hexen, ein Ehemann der Hexen wird enthauptet, ein anderer liegt bereits tot da. Holzschnitt, Nürnberg 1555

Ein Metzger wird Zeuge eines Hexenbanketts

⸿ Joachim von Camerich berichtet in seinem Buch »Von der Natur der Dämonen«, daß ein Metzger bei Nacht durch ein Gehölz gereist. Und als er Geschrei und Tanzen gehört, sei er demselben nachgegangen und habe schließlich, als er dazugekommen, auf dem Platz silbernes Trinkgeschirr und Becher gefunden, die er, nachdem alle Hexen und Teufel verschwunden, an sich genommen und des folgenden Tages zur Obrigkeit des betreffenden Ortes getragen. Diese hat alsbald diejenigen, deren Merkzeichen auf den Bechern gestanden, zu sich befohlen. Die wiederum haben die anderen verklagt. Und es sind ihrer viele aus dem Haufen vom Leben zum Tod gerichtet worden.

Opfernde Hexen. Holzschnitt von Hans Weiditz, 16. Jahrhundert

Apollonius von Thyana löst ein Hexenbankett auf

¶ Philostratus Lemnius der Jüngere, ein griechischer Skribent, berichtet von dem Apollonius Thyanäus (welchen der alexandrinische Philosoph Hierokles ganz widersinnig unserem Herrn Christus meint vergleichen zu dürfen), daß er einst in ein Haus gegangen, wo die Hexen ein Bankett hielten. Nachdem er sie heftig gescholten, seien alsbald die Tafeln, Speisen, Leute und aller dazu gebrauchter Hausrat verschwunden. Einzig ein junger Mensch sei zurückgeblieben, welchen die Zauberer erst kürzlich eingeführt hätten.

Ein Ehemann entdeckt, daß seine Frau eine Hexe ist

❨ Bodinus berichtet nachfolgende Geschichte, die dazumal noch neu gewesen und sich kurz zuvor in Loches begeben hatte.

❨ Nämlich hat es sich zugetragen, daß ein armer Mann oftmals wahrgenommen, daß sein Weib zuzeiten sich des Nachts verliert und etliche Stunden ausbleibt. Einmal hat er sie deshalb zur Rede gestellt, aber sie konnte ihm keinen befriedigenden Bescheid geben. Ein andermal sagte sie, sie gehe ihrer Notdurft nach; wieder ein andermal, sie gehe zu ihrer Nachbarin, die Bauch- oder Seifwäsche zu versehen. Der Mann aber, der einen Argwohn gefaßt, konnte es nicht länger dulden, sondern drohte, sie zu erwürgen, wenn sie ihm nicht gründlich die Wahrheit sage, wohin sie bei Nacht ginge. Daraufhin, als sie sich in so einer augenscheinlichen Gefahr befindlich sah, bekannte sie ihm, wohin ihre nächtliche Wallfahrt ging, und sprach auch zu ihm: Wenn du es versuchen willst, kannst du auch wohl dahin kommen. Zugleich reichte sie ihm die Schmersalbe, mit der sie sich einschmierten. Und nach etlichen dazu gesprochenen Worten führte sie der Teufel von Loches in die Sandgruben bei Bordeaux, welche mindestens an die 15 Tagereisen von Loches entfernt liegen. Der Mann, als er eine Anzahl Zauberer und Hexen, die ihm alle unbekannt waren, auch scheußliche Teufel in Menschengestalt um sich herumschwärmen sah, sagte er vor Verwunderung: O mein Gott, wo sind wir? Sobald er dieses geredet, verschwand die Gesellschaft miteinander; und er sah, daß er nackt und bloß dastand. Sah auch wohl, daß seines Bleibens hier nicht war, weshalb er die ganze Nacht bis morgens in der Früh im Felde herumging, bis er endlich Bauern antraf, die ihm den Weg wiesen. Als er nun wiederum nach Loches gekommen war, ging er stracks zum peinlichen Richter, welcher, nachdem er die Geschichte vernommen, das Weib ergreifen ließ. Die bekannte Punkt für Punkt alles, was wir erzählt haben, und erkannte ungezwungen ihre Übeltat.

Eine Hexe verzaubert Reiter, über ihr ihr Schutzteufel, auf dem Berg ein Wetterzauber. Holzschnitt aus Cicero, De officio, Augsburg 1531

Ein Mädchen wird zum Hexentanz geführt

¶ Anno 1535 ist ein Mädchen von 13 Jahren aus dem Herzogtum Spoleto von einer alten Vettel zu einer Versammlung der Zauberer geführt worden, welche, als sie gesehen, daß dort eine seltsame Gesellschaft beieinander gewesen, sich darüber verwundert und gesagt: Hilf, allmächtiger Gott! was ist das? Sobald sie diese Worte ausgesprochen, ist alles verschwunden. Das arme Mädchen aber hat einen Bauersmann getroffen, dem sie die ganze Begebenheit erzählte. Der Bauersmann hat das Mädchen wiederum heim zu den ihrigen geschickt und bringen lassen, die dann alles, was ihr allenthalben begegnet, angezeigt, worauf dann die alte Zauberin gefänglich eingezogen und endlich verbrannt worden ist.

Eine Hexe, die auf einem Pentagramm kniet, verzaubert eine Kuh, so daß diese keine Milch mehr gibt. Holzschnitt aus Hans Vinther, Tugend-Spiegel. Augsburg 1486

Die zauberkundige Witwe und ihr Hausknecht

❡ In einem Dorf mit Namen Ostbruch, bei Utrecht gelegen, hatte eine Witfrau einen Hausknecht. Vorwitzig wie die Knechte sind, fiel demselben so im Vorbeigehen auf, daß bei sinkender Nacht und wenn im Haus alle zu Bett waren diese Witfrau in den Stall zu gehen pflegte an eine bestimmte Stelle, wo sie ihre Hände ausstreckte und mit denselben die Gabel faßte, mit der man den Pferden das Heu vorzuwerfen pflegt. Er verwunderte sich, was das bedeute und beratschlagte bei sich, er wolle es auch so machen, ohne Vorwissen seiner Herrin, die in den Stall gegangen war, und versuchen, was wohl diese Zeremonie bewirken werde. Bald darauf nun folgte er seiner Frau, die in den Stall gegangen war, ging dort hin und faßte die Heugabel an. Alsbald fühlte er, daß er in die Luft geführt und in eine Höhle unter der Erde getragen wurde, in ein Städtlein mit Namen Wych. Daselbst fand er eine Versammlung der Hexen, die über ihre Zaubereien ein Gespräch führten. Seine Frau erstarrte über seine unversehene Awesenheit und fragte ihn, durch was für Mittel er sich in diese Gesellschaft gefunden habe. Er erzählte ihr ausführlich das Obenstehende. Sie fing an, sich zu entrüsten und zu erzürnen wider ihn, befürchtend, es könnten durch diese Mittel ihre nächtlichen Versammlungen entdeckt werden. Nichtsdestoweniger sah sie es für das beste an, mit ihrer Gesellschaft sich zu beratschlagen, was man bei diesem schweren Vorfall tun sollte. Endlich wurden sie der Meinung, sie wollten diesen neuen Gast freundlich aufnehmen; und er solle ihnen feierlich geloben zu schweigen und einen Eid schwören, daß er keinem Menschen das Geheimnis offenbaren wolle, das ihm ohne all sein Verhoffen und Verdienst entdeckt worden. Der arme Schöps gelobte bei Leib und Leben, schmeichelte und heuchelte. Und damit er nicht etwa übel traktiert würde, stellte er sich, als hätte er große Lust, sich forthin in ihre Gesellschaft zu begeben, wenn es ihnen gefiele. In diesen Beratschlagungen verlief die Zeit, und die Stunde kam, daß sie sollten voneinander scheiden. Da erwog man, auf Anraten der Frau, noch einen anderen Ratschlag, nämlich ob es im Interesse der Lebenserhaltung vieler Personen nicht von Nutzen wäre, diesen Knecht zu erwürgen, oder ob er wieder heimgetragen werden sollte. Insgemein stimmten sie auf die gelinde Steite, daß er wieder heimgetragen würde, nachdem er einen Eid abgelegt hätte, daß er nichts entdecken wolle. Die Frau erbat sich, ihn heimzutragen. Und nachdem er feierlich gelobt und sie gleichfalls, faßte sie den Knecht auf ihre Schultern und sagte zu, ihn in der Luft nach Haus zu tragen. Als sie nun einen Teil des Weges hinter sich gebracht, trafen sie auf einen See, der voller Schilf und Rohr war. Die Frau ersah diese Gelegenheit; und weil sie immer fürchtete, es möchte diesen jungen Menschen gereuen, daß er zu dem höllischen Fest gekommen, und er würde alles, was er gesehen, offenbaren, wendete sie jählings und stark und schleuderte ihn von den Achseln, in der Hoffnung (wie zu vermuten), es würde der arme Tropf das Leben einbüßen, infolge des hohen Falls wie auch des Versinkens in dem kotigen Wasser, in dem er sollte begraben bleiben. Aber weil Gott unendlich barmherzig ist und nicht will den Tod des Sünders, sondern daß er sich bekehre und lebe, so vereitelte er das zornige Vornehmen der Hexe und ließ den jungen Menschen nicht ersaufen, sondern verlängerte ihm das Leben, so daß sein Fall nicht tödlich gewesen ist. Denn als er herunterpurzelte, fiel er in ein dickes Gewirre von Schilf und Rohr, welches einigermaßen den schweren Fall erleichterte, doch so, daß er sehr schwer verletzt worden und sich mit nichts mehr behelfen konnte als mit der Zunge. Er empfand die ganze Nacht über unsägliche Schmerzen in diesem Bett von Schilf und kotigem Wasser. Des folgenden Tages, als er heulte und schrie, schickte es Gott, daß etliche Vorüberreisende, die wegen dieses recht ungewöhnlichen Geschreies erstarrten, fleißig Nachforschungen anstellten. Da fanden sie den armen Gesellen halb tot und ganz erstarrt und erfroren, und hatte noch dazu beide Schenkel bloß. Sie fragten ihn, wo er her wäre und wer ihn an diesen Ort gebracht. Und als sie die vorstehende Geschichte vernommen, zogen sie ihn aus diesem elenden Lager, luden ihn auf einen Wagen und ließen ihn nach Utrecht führen. Der Bürgermeister, Johannes von Külenburg mit Namen, ein Tapferer von Adel, geriet in große Verwunderung, fragte um alles fleißig nach, ließ die Hexe festnehmen und in ein Gefängnis sperren. Daselbst bekannte sie freiwillig ohne alle Marter mit allen Umständen alles, was sich begeben hatte, und bat, man solle ihr Gnade erweisen. Aber das Urteil des ganzen Rates brachte ihr den Tod, daß sie sollte verbrannt werden. Der Knecht ward erst lange danach, aber doch nicht gänzlich an seinen erfrorenen Gliedern geheilt und ward vor jedermann wegen seines verfluchten Vorwitzes gezüchtigt.

Ein Spanier erlebt einen Hexensabbat

Version I:

¶ Ein Spanier und gelehrter Mann, der argwöhnte, daß sein Nachbar ein Zauberer sei, gesellte sich aus dem großen Verlangen, die Wahrheit zu erfahren, zu ihm und hatte so engen Umgang mit ihm, daß er zuletzt das Geheimnis erfuhr. Der Zauberer hielt seit der Zeit bei ihm an, sich auch an dieser Sache zu beteiligen, welchem der andere Gehör gab. Und sie bestimmten einen Tag, sich in der Versammlung der Zauberer und Hexen einzufinden. Als die Nacht dieses Tages kam, führte der Zauberer seinen Gesellen durch etliche Berge und Täler, die dieser sein Lebtag noch nicht gesehen; und es dünkte ihm, daß sie in wenig Zeit einen weiten Weg gereist wären. Nachdem sie in ein Feld gekommen, das ganz von Bergen umgeben, sah er eine große Anzahl Männer und Weiber, die sich versammelten. Und sie kamen alle zu ihm, waren sehr fröhlich und dankten ihm, daß er sich auch zu ihrer Gesellschaft tun wolle, ihm nebenbei zu verstehen gebend, daß er der Glückseligste in der Welt sei und sich über die Maßen wohl dabei befinden werde. Es war mitten in dem Felde ein sehr hoher und kostbarer Thron und mitten auf demselben ein häßlicher und abscheulicher Bock. Um eine gewisse Stunde der Nacht nun stiegen alle, die bei der Versammlung waren, über etliche Stufen hinauf zu dem Thron und küßten diesen Bock im Hintern. Als der vorwitzige Spanier diesen so schrecklichen Greuel sah und hörte, konnte er, obwohl ihn der Zauberer darauf hingewiesen, was er tun solle, doch nicht länger Geduld haben, sondern fing an zu schreien und mit voller Stimme Gott um Hilfe anzurufen. Alsbald erhob sich ein großes Getümmel und ein so schrecklicher Donner, als ob Himmel und Erde in den Abgrund versinken wollten, so daß der Vorwitzige ohnmächtig wurde und nichts von dem, was weiter vor sich ging, vernahm. Als er wieder zu sich selbst gekommen, war es bereits Tag, und er befand sich in sehr rauhen Bergen, so erbrochen und ermattet, daß ihm dünkte, daß er nicht einen Knochen an sich habe, der gesund und ganz sei. Und da er wissen wollte, an welchem Ort er wäre, ging er hinunter ins ebene Land, wo er Leute fand, so sehr verschieden von denen in Spanien, daß er ihre Sprache nicht verstand; und er konnte nichts anderes tun, als durch Zeichen zu verstehen zu geben, daß sie ihm zu Hilfe kämen. Da er nun also ganz alleine weiterreiste, zog er gen Westen und schweifte drei Jahre umher, ehe er wieder in Spanien ankam, mit unzähligen Mühen und Gefahren. Nachdem er zu Hause angekommen war, offenbarte er alles das, was sein Vorwitz ihm zu sehen und erkennen gegeben, worauf der Zauberer und andere von der Gesellschaft von der Obrigkeit gerichtet wurden.

Version II:

℄ Es hat ein Zauberer seinem guten Gesellen mit vielen Worten nahegelegt, er würde der allerglücklichste Mensch sein, wenn er ihm glauben und vertrauen und mit ihm zu dem Konvent der Zauberer fahren und sich begeben würde. Als sein Gesell nun endlich eingewilligt, hat ihn der Zauberer in der nächstfolgenden Nacht, nachdem er etliche Worte gesprochen, bei der Hand genommen, und da sind sie alle beide aufgehoben und weit weg durch die Luft geführt worden zu derselbigen Versammlung. Da standen dann unzählig viele Männer und Weiber um einen fürstlichen oder königlichen Thron, darauf ein großer Bock gesessen. Denselben zu küssen, sind sie alle nacheinander hinzugegangen, en la parte Masuzia que renia (welche die spanische Sprache können, die verstehen wohl, wo sie ihn hingeküßt haben, welches vor Züchtigen und Ehrliebenden nicht zu nennen). Wie nun der neue Gast diese ungewöhnliche wüste Reverenz gesehen, hat er zu seinem Gesellen gesagt: Amitto patientiam! (Ach, ich kann's nicht länger erdulden!), und hat schnell angefangen, mit lauter Stimme zu Gott zu rufen. Da ist in einem heftigen Ungestüm und schrecklichen Windwirbel und Ungewitter alles verschwunden, so daß er ganz alleine dort stehen geblieben. Und er hat danach ganze drei Jahre mit Reisen zugebracht, ehe er wieder heim in sein Land gekommen.

Satan zeichnet einen Zauberlehrling. Aus: R. P. Guaccius, Compendium Maleficarum, Mailand 1626

Ein Bauer entlarvt die eigene Frau als Hexe

❡ Grillandus, ein vornehmer Jurist in Welschland, welcher in vielen Prozessen, Zauberer und Hexen betreffend, Urteil gesprochen, schreibt, daß im Jahre nach Christi Geburt 1526 nicht weit von Rom ein armer sabinischer Bauersmann gewesen, der innegeworden, daß sein Weib sich bei Nacht nackt und bloß mit einer Salbe gesalbt und daraufhin alsbald vor seinen Augen aufgehoben und davongeführt worden. Als er sie aber allenthalben gesucht und im ganzen Haus nicht gefunden, hat er am folgenden Tag einen Prügel oder Knüttel ergriffen und nicht eher aufgehört, auf die Frau einzuschlagen, bis sie ihm den ganzen Vorgang bekannt und die volle Wahrheit gesagt. Nachdem sie ihm alles bekannt, auch um Vergebung gebeten, hat ihr der Mann zusagesagt, er wolle ihr verzeihen, doch unter der Bedingung nur, daß sie ihn mitnähme an den Ort, wo sie ihren Konvent hielten, denn er meinte nicht, daß es vom Teufel bewirkt, sondern die Kraft des Fahrens stecke in der Salbe und in etlichen Worten. Des folgenden Tages gibt ihm das Weib das Büchslein mit der Salbe, die sie zu gebrauchen pflegt, und spricht zu ihm, er solle sich auch damit salben. Nachdem sich beide gesalbt, sind sie auf Böcken gar geschwind an den Ort gekommen, wo die Zauberer und Hexen versammelt waren. Es hatte aber das Weib den Mann zuvor ermahnt, er solle sich des Namens Gottes zu erwähnen oder denselben zu nennen gänzlich enthalten, es sei denn, daß solches aus schimpflicher und spöttischer Verachtung oder aus Gotteslästerung geschehe. Wie sie nun beide zu dieser Versammlung gekommen, hat die Frau dem Mann befohlen, er solle ein wenig auf einen besonderen Ort abseits treten, damit er das ganze schöne Geheimnis richtig sehen könne, bis sie das Haupt oder den obersten Fürsten der Versammlung gegrüßt und ihre Reverenz erwiesen hätte. Derselbe ist mit gar herrlichem fürstlichen Ornat und Kleidung wie ein Fürst angetan gewesen, und ist eine große Anzahl von Männern und Weibern um ihn gestanden, welche als Diener und Untertanen ihres Fürsten gebührend auf ihn gewartet und ihm die gebührende Ehre, Untertänigkeit und Anstandspflicht geleistet und erzeigt haben. Als dieses geschehen, haben sie alsbald einen Tanz angefangen, mit auswärts gekehrtem Mund und Gesicht, so daß einer des anderen Angesicht nicht hat sehen können, wie es sonst in anderen, gebräuchlichen Tänzen bei den Menschen üblich ist – vielleicht aus dem Grunde, daß einer den anderen nicht in Augenschein nehme und kennenlerne, damit, falls jemand von ihnen der Obrigkeit in die Hände fallen sollte, einer den anderen nicht verraten könne. Nachdem nun dies alles vollbracht, hat man die Tische gedeckt, zugerichtet und Essen aufgetragen. Da hat das Weib ihren Mann, den erwähnten Bauern, auch hinzugeführt und zu ihm gesagt, er solle auch dem Fürsten seine Ehrerbietung erweisen, welches er auch getan, worauf er sich gleich den anderen zu Tische gesetzt. Als er aber gesehen, daß das Essen nicht gesalzen gewesen und auch sonst kein Salz auf dem Tisch, hat er nach Salz gerufen, bis es endlich auf den Tisch ist gebracht worden. Ehe er es dann aber gekostet und zum Mund gebracht, hat er gesagt: Gott sei Lob und Dank, daß endlich einmal Salz gekommen ist! Als er dieses gesagt und den Namen Gottes genannt, ist von Stund an alles vor seinen Augen verschwunden, die Gesellschaft der Teufel und Zauberer, Tisch und Speisen; und er ist alleine nackt dageblieben, und ihn hat als einen, der in großer Kälte ganz nackt ist, gar übel gefroren, hat aber gleichwohl nicht gewußt, wo oder an welchem Ort er wäre. Als es aber Tag geworden, hat er etliche Hirten im Feld angetroffen, welche er fragte, wo er wäre und welche ihm sagten, daß er in der Grafschaft Benevent, welche des Papstes schönste Herrschaft ist, sei, an die hundert Meilen Weges von Rom entfernt. Um nun aber von dort wieder heimzukommen, hat er sich unterwegs alte Kleider und Brot erbeten müssen zu seinem Unterhalt; und ist ausgehungert und ermattet erst nach acht Tagen wieder daheim angekommen, wo er dann anderes zu tun nicht gewußt, als sein Weib vor der Obrigkeit anzuzeigen und zu verklagen, welche dann, nachdem sie die Wahrheit bekannt, samt vielen anderen, die sie angegeben und bezichtigt, lebendig verbrannt worden.

Der Bräutigam und der Bock

¶ Schererzius in seinem »Traktat von den Gespenstern« schreibt: Ich kenne sehr viele, welche in ihrem Alter bekannt haben, daß sie in ihrer Jugend auf Böcken sich des Nachts zu ihren Buhlen oder Huren etliche Meilen Wegs weit haben holen und wiederbringen lassen, deren etliche es sehr bereut haben, daß sie der Unreinheit und dieser Welt Eitelkeit so viel Raum gegeben haben. Ja, noch mehr, man hat auch Exempel, daß etliche wider Willen und gezwungen durch dergleichen Böcke mit Gewalt weggerissen und dennoch wiedergebracht wurden, wenn sie ihren Metzen treulos geworden sind. Vor einigen Jahren, nämlich etwa zwanzig, war ein Handwerksmann, der sich heimlich mit einer Alten verkuppelt hatte; aber hernach hat er sich an eine Jungfer gehangen und auch Hochzeit mit ihr gemacht, ungeachtet der vorigen Vettel, obwohl sie sich mit Drohworten äußerte. Als nun die erste Nacht des Beilagers herankam, bat er etliche Gäste, unter welchen auch ein Pfarrherr war, um Gottes willen, daß sie noch bei ihm bleiben möchten, denn es stünde ihm vom bösen Geist eine Gefahr bevor; denn er war eingedenk der Drohworte der alten Hure. Was geschieht? Mitten in der Nacht kommt ein solcher Bock zum Bräutigam und begehrt, daß er sich aufsetzen solle. Jener aber fängt daraufhin an, heftig zu beten und kann kaum von den Anwesenden in ihren Armen gehalten werden, bis endlich der Bock mit vielem Gebrumm sich davonmacht. Die folgende Nacht wird eben dieser Bräutigam ganz unversehens richtig aus dem Bett gerissen und die Braut allein drin gelassen. Und nachdem er zur Genüge von dem Gespenste mag gepeinigt worden sein, ist er des Morgens nicht weit von der Feuermauer oben auf dem Dach in der Rinne gefunden worden, wo ihn die Freunde, nachdem sie solches Dach aufgerissen, halb tot wiederbekommen haben. Und er hat darauf etliche Monate im Bette liegen müssen, bis daß er endlich genesen, doch sich mit seinem jungen Weibe täglich gezankt und nachmals aus Ungeduld in den ungarischen Krieg gezogen ist, wo er denn auch, soviel ich Nachricht habe, mag gestorben sein.

Der Teufel trägt eine Hexe fort zur Hölle. Aus: Olaus Magnus, Historia de gentibus septentrionalibus, Rom 1555

Eckercken

Im Herzogtum Cleve, nahe bei der Burg Elten, wurden im Jahre 1535 auf der Landstraße Reiter und Fußgänger sehr geschlagen und die Wagen umgeworfen. Und man sah dabei nichts anderes als eine Hand, welche man Eckercken nannte. Endlich fing man eine Hexe, welche sich Sibylla Dinskops nannte, die dort in der Nähe wohnte. Und nachdem dieselbe verbrannt worden, hat es dergleichen Gefahr auf der Straße nicht mehr gegeben.

Hahnenschrei verhindert und beendet Hexenversammlungen

𝕮 Es ist sehr merkwürdig, daß um den Hahnenschrei die Hexenkonvente zerstäuben, so daß sie denn ferner nichts tun und verrichten können. Davon wollen wir hören, was Nicolaus Remigius, des Herzogs und Fürsten aus Lothringen gewesener Rat, schreibt: Neulich habe ich von der Verurteilung einer Hexe mit Namen Babilla Latome gelesen. Dieselbe Hexe, als sie in der Marter etwas scharf befragt wurde über die Dinge, welche die Unholde des Nachts zu begehen pflegen, sagte sie, es sei ihnen nichts mehr zuwider und verdrießlich als wenn es sich begebe, daß zu der Zeit, zu der sie sich zu ihren Werken bereiten und fertigmachen, die Hähne krähen.

𝕮 Dasselbe hat auch bekräftigt Joh. Bulmius und sein Weib Desiderca, indem sie gesagt, daß ihre Meisterchen, wie sie dieselben nennen, wenn es Zeit ist, von ihrer Versammlung aufzubrechen, sie öfters mit diesen Worten anzureden pflegen: Ei, macht fort und eilt! denn die Hähne fangen bereits an zu krähen. Dieses deute ich dahin, daß dann alle ihre Verrichtungen und Vorhaben ein Ende haben.

Die Hexe Lukretia

Paulus Grillandus erwähnt, daß im Jahre 1524, als er die Inquisition über die Hexen geführt, man ihm eine vorbrachte mit Namen Lukretia. Diese war auf einer Hexenzusammenkunft gewesen und sollte wieder nach Hause gebracht werden; aber weil es um die Morgenstunde war und der Geist, der sie trug, den Glockenton gehört, mit dem die Leute zum Gebet ermahnt werden, ist sie alsbald von ihrem Führer auf einem mit Dornen und Disteln bewachsenen Acker niedergesetzt und verlassen worden. Es begab sich aber von ungefähr, daß ein ihr wohlbekannter junger Geselle vorbeispazierte, den sie bei seinem Namen rief. Er aber, als er gesehen, daß sie bis auf ihre Scham entblößt dagesessen und ihr die Haare aufgelöst zu Boden gehangen, fürchtete sich, zu ihr hinzutreten. Weil sie aber ihn anzuflehen und zu bitten nicht aufgehört, ist er doch noch zu ihr hingetreten und hat sie gefragt, wie sie so entblößt an diesen Ort gekommen. Sie hat zunächst vielerlei Ausreden und Entschuldigungen vorgebracht; aber weil der Jüngling diesen keinen Glauben gegeben und ihr nur unter der Bedingung, daß sie ihm die dürre Wahrheit sagen würde, hat helfen wollen, hat sie ihm alles, nachdem sie ihn zuvor gebeten, es in geheimer und stiller Verschwiegenheit für sich zu behalten, entdeckt. Der Jüngling hat sie hierauf auch im Geheimen nach Hause gebracht und viele Gaben und Geschenke von ihr erhalten. Zuletzt aber hat er seine Zusage gebrochen und es dem einen und anderen erzählt, wodurch es ruchbar geworden. Das Weib wurde nun gefangen gesetzt und der Junge gezwungen, den Verlauf des ganzen Vorfalls zu beichten.

Die Hexe von Bicure

❨ Wolfgang Hildebrand berichtet in seiner »Theurgia«: Herr Adam Martin, Prokurator des Gerichts in Laon, erzählte mir, er habe der Hexe von Bicure, das 2 Meilen von Laon gelegen, im 1556. Jahr das Urteil gesprochen und den Spruch ergehen lassen, sie zu erwürgen oder zu strangulieren und danach zu verbrennen. Sie sei aber dann doch lebendig verbrannt worden, und dies durch ein Versehen des Nachrichters oder, um gründlich davon zu reden, durch ein gerechtes Urteil Gottes, der damit hat zu erkennen gegeben, daß man die Strafe nach der Wichtigkeit des Verbrechens soll unterscheiden und daß keine Übeltat des Feuers würdiger sei als diese Teufelssucht. Sie bekannte aber, daß der Satan, welchen sie ihren Gesellen nannte, stets mit ihr gelüstlich zu tun hatte und sie seinen Samen jederzeit kalt gespürt habe.

Die Tanzhexe von Genf

❨Weil die Stadt Genf insbesondere das Tanzen sehr haßt, hat der Satan eine junge Tochter von Genf gelehrt, alle die tanzend und springend zu machen, die sie nur mit einer eisernen Gerte oder Rute, welche der Teufel ihr gegeben gehabt, berührte. Auch hat sie der Richter gespottet und gesagt, sie würden sie nicht umbringen können, weshalb sie ihre Übeltat auch nie hat bereuen wollen. Sobald sie aber gefänglich eingezogen worden, ist sie dermaßen erschrocken und furchtsam gewesen, daß sie gezittert und gebebt, hat jedoch zur Beschönigung des Schreckens vorgegeben, ihr Meister habe sie verlassen, wiewohl er ihr versprochen, sie werde nicht sterben. Diese Geschichte habe ich von einem, der den von der Hexe verursachten Schaden selbst gesehen.

Die nordafrikanischen Hexen

¶ Auch in Afrika, besonders auf dem weitberühmten und hohen Berg Atlas, haben die Hexen ihre Zusammenkünfte, wie vor allem Plinius bezeugt. Es mögen aber wohl auf diesen Berg hinziehen diejenigen Hexen, welche man in Afrika Suhacat nennt; davon schreibt Johannes Leo Africanus im 3. Buch seiner Beschreibung Afrikas: Es sind in Afrika etliche Hexen, welche dafür wollen gehalten sein, daß sie in höchster Freundschaft mit den Teufeln leben. Sie nennen aber die Teufel entweder die Roten oder die Weißen oder die Schwarzen. Und wenn sie einem wahrsagen wollen, so beräuchern sie sich selbst mit einem bestimmten Räucherwerk und bestätigen, es nehme sie dann der Teufel, den sie zu sich gefordert haben, an. Danach dichten sie mit veränderter Stimme, als rede der Teufel aus ihnen. Die, welche gekommen sind, eine Sache zu erkunden, forschen dann mit großer Ehrerbietung bei ihnen nach und gehen schließlich, wenn sie dem Teufel ihren Lohn dargereicht, davon. Diese Weiber nennen sie Suhacat. Wenn etwa schöne Weiber zu ihnen kommen, so werden die Zauberinnen mit ihrer Liebe gegen sie entzündet, nicht anders als die jungen Gesellen gegen die Mägde, und bitten sie mit der Stimme des Teufels, daß sie statt des Lohnes sie bei sich schlafen lassen sollen. So geschieht es, daß, wenn sie meinen, sie hätten die Worte des Teufels gehört, sie es mit den Zauberinnen zu tun gehabt haben. Und es sind etliche, die, durch Wollust verführt, der Hexen Gemeinschaft begehren, eine Krankheit vortäuschen, eine solche Hexe zu sich bitten oder den armen Mann zu ihr senden. Wenn diese nun den Possen merkt, bestätigt sie, daß das Weib von einem Teufel geplagt werde und daß sie aus bestimmten Gründen auf keine Weise davon frei werden könne, es sei denn, sie geselle sich zu ihnen. Durch diese Worte wird der Mann endlich überwunden, läßt dasselbe nicht allein zu, sondern bereitet den Hexen auch noch ein köstliches Mahl. Wenn dieses verzehrt, pflegen sie nach dem Klang des Saitenspiels auf seltsame Weise zu tanzen. Danach schlagen sie das Weib in die Schanze und befehlen's den Göttern. Doch werden etliche Männer gefunden, welche mit geringer Mühe diesen Teufel auch mit Knütteln austreiben. Andere geben vor, daß sie auch von Teufeln besessen seien, und betrügen die Hexen auf keine andere Weise als auf die, auf welche ihre Weiber betrogen wurden.

Der Hexenprozeß von Valerich

❡ Aus dem, was die Hexen während ihres 1574 in Valerich in Savoyen stattgefundenen Prozesses bekannten und mittels Konfrontation oder Gegenüberstellung gestanden, ersieht man, daß ihre Aussagen mit denen anderer übereinstimmen hinsichtlich folgender Punkte: leibliche Fahrt auf einem Stecken ohne vorherige Einsalbung, Abschwören Gottes, Anrufung des Teufels, Tanzen, Festmahl, Küssen des viehgestalteten Satans an schämigen Enden, Pflicht zum Anstiften von allem Bösen, Giftpülverchen, die jede Hexe vom Teufel erhält.
❡ Eine dieser Hexen gestand, seit dreißig Jahren ihr teuflisches Handwerk zu treiben. Und eine Tochter bekannte, daß ihre Eltern, als sie das erste Mal zur Hexenversammlung fahren sollte, ihr einen Stecken zwischen die Beine gegeben und ihr befohlen haben, vor allem nicht zu erschrecken; und alsbald sei sie mit dem Vater und der Mutter davongefahren.
❡ Der Prozeß ist abgedruckt in dem Buch des Lambertus Danäus über das Hexenwerk, aus welchem zu ersehen, wie der Teufel allenthalben sich selbst gleich ist.

Die Hexen von Longny

¶ Von den nach peinlichen Examina erfolgten Bekenntnissen der Hexen von Longny (welche mit Feuer lebendig verbrannt wurden) will ich etliche hier anführen.

¶ Margarita Bremont, Noelis Laveretis Weib, hat bekannt und ausgesagt, sie sei an einem Abend mit ihrer Mutter Maria in den Konvent der Zauberer und Hexen, der bei der Mühle des Francois von Longny auf einer Wiese gehalten worden, gekommen. Denn es habe ihre Mutter einen Besen zwischen die Beine genommen und etliche Wörter (welche hier begründeterweise ausgelassen werden) gesprochen, und sie seien alsbald alle beide zu demselben Konvent geführt worden. Daselbst hätten sie getroffen Joannam Robert, Ioannam Guillemin, Mariam Simonis von Lamb und Guileman, das Eheweib eines gewissen Graso, von denen jede einen Kehrbesen in der Hand hatte. Und dahin seien auch sechs Teufel in Menschengestalt, aber scheußlich anzusehen, gekommen (deren Namen werden in den Prozeßakten genannt). Nach geendetem Tanz hätten die Teufel bei ihnen geschlafen. So habe auch der eine, welcher mit ihr zum Tanz gegangen, sie genommen, zweimal geküßt und länger als eine halbe Stunde bei ihr geschlafen, bis endlich ein eiskalter Samen von ihm gegangen. In gleicher Weise hat auch Ioanna Guillemin ausgesagt und bekannt, daß einer eine ganze halbe Stunde mit ihr zu tun gehabt, und es sei auch endlich ein gar kalter Samen von ihm gekommen.

¶ Des Weiteren haben die Hexen von Longny bekannt, daß sie, während sie tanzten, zu sagen pflegten: Hex, Hex, Teufel, Teufel, spring hie, spring da, hüpfe hier, hüpfe dort, spiel hie, spiel da! Etliche aber hätten gerufen: Sabbat, Sabbat! welches soviel bedeutet wie ein Fest oder Tag der Ruhe. Sie hätten dabei Hand und Kehrbesen in die Höhe gehoben, vor allem zum Zeichen ihrer großen Freude und Befriedigung und um zu zeigen, daß sie dem Teufel von Herzen dienten und ihn mit Lust anriefen, ferner auch, um damit die Gott geziemende Anrufung nachzumachen (denn es ist gewiß, daß die alten Juden, wenn sie ihre Opfer in den Tempel getragen, sich tanzend zum Altar begeben haben).

Von bösen Geistern besessene Mägde schänden die heilige Hostie. Nürnberger Flugblatt 1567

Geständnis einer italienischen Hexe

¶ Paulus Grillandus berichtet in seinem Buch »De sortilegiis«, daß er im Jahr nach Christi Geburt 1524 von einem Adligen gebeten worden ist, mit ihm zum Kastell S. Pauli (im Herzogtum Spoleto gelegen) zu reisen und drei Hexen oder Zauberinnen zu verhören und ein Urteil über sie zu sprechen. Unter denselben hat die Jüngste, als man ihr das Leben zu schenken versprochen, aus Hoffnung der schönen Vetröstung und Zusage bekannt, sie sei vor 15 Jahren von einer alten Vettel in die Versammlung der Zauberer geführt worden, in welcher der Teufel auch selbst anwesend gewesen. Auf desselbigen Begehren habe sie Gott, ihrem Schöpfer, dem christlichen Glauben und ihrer Religion abgesagt und abgeschworen und sich dagegen mit einem Eid verpflichtet, sie wolle dem Teufel getreu sein und seinen Befehlen und Geboten treulich und fleißig folgen und gehorsam sein. Und bei dieser Eidesleistung habe sie die Hände auf ein Buch, das eine sehr dunkle und seltsame, unbekannte Schrift gehabt, legen müssen. Des weiteren habe sie sich verpflichten müssen, zu jeder Zeit des Nachts, wenn sie zu den üblichen Festlichkeiten eingeladen würde, sich gehorsam einzustellen und nach Möglichkeit andere mitzubringen. Hinwieder habe ihr der Teufel die höchste Freude, stetes Glück und Wohlfahrt verheißen und zugesagt. Sie hat ferner auch bekannt, sie habe von der Zeit an vier Menschen ums Leben gebracht, oftmals auch das Vieh und das Getreide auf dem Feld geschädigt. Wenn es sich aber einmal zugetragen, daß sie an dem bestimmten Tag ohne wirkliche und ausreichende Ursache nicht zu der Versammlung der Zauberer und Hexen gekommen, so sei sie allewege des

Nachts vexiert und geplagt worden, so daß sie die ganze Nacht nicht habe schlafen können. Wenn sie aber habe dahinziehen sollen, so habe sie eine Stimme gehört eines Menschen, welchen sie ihren Herrn oder bisweilen auch Meister Martingen nannte. Und sobald sie sich nun mit einer Salbe eingeschmiert oder gesalbt, sei ein Bock vor der Tür gewesen; auf denselbigen habe sie sich gesetzt und sich an desselben Haar oder Zottel festgehalten und sei auf demselbigen Bock unter den großen Nußbaum in der Grafschaft Benevent geführt worden. Da habe sie eine unzählige Menge Zauberer und Hexen gefunden. Daselbst habe sie dann ihrem Fürsten seine gebührende Pflicht und Ehrerbietung erwiesen und danach angefangen zu tanzen. Nach stattgefundenem Tanz hätten sie sich zu Tisch gesetzt und Mahlzeit gehalten. Endlich und zuletzt habe sich ein jeder Teufel mit dem Zauberer oder der Hexe, auf welchen bzw. welche er acht zu geben verordnet oder bestellt, zum Beischlaf gesellt. Wenn nun solches alles geschehen und vollendet, habe sich ein jeder wieder auf seinen Bock oder Teufel gesetzt und sei in einem Hui wiederum davongewischt und nach Haus gewandert. Daheim aber hätten sie den Teufel privatim anzubeten gepflegt. Auf dies ihr Bekenntnis ist sie zusammen mit den anderen beiden Hexen, welche auch bekannt und gestanden, samt ihren Salben und Pulvern lebendig zu Asche verbrannt worden.

Die Hexe von Leon

❨ Bodinus schreibt: Man hat in Leon unlängst eine Frau gefunden, welche bei der Nacht aufgestanden, ein Licht angezündet, ein Geschirr voll Schmer genommen, sich eingeschmiert und nach etlichen gesprochenen Worten davongefahren ist. Derjenige, der mit ihr unehelich verkehrte, hat, als er bei ihr gelegen und diesen Possen gesehen, das Licht genommen und sie allenthalben gesucht. Da er aber nichts von ihr gefunden außer der Salbe, ist auch ihm gleich dem Apulejer im Buch vom goldenen Esel ein Vorwitz angekommen, und er hat augenblicklich die Kraft dieses Schmers erfahren wollen. Darauf hat er sich eingeschmiert, gesegnet und genauso gestellt wie er sie hat tun sehen, und in einem Hui ist er auch weggetragen worden und zur Gesellschaft der Hexen und Zauberer ins Land Lothringen gekommen. Weil ihm nun dies eine ungewohnte Sache gewesen und er deshalb Gott um Hilfe angerufen, ist die ganze Gesellschaft wegen dieses Anrufens verschwunden und er nackt allein dageblieben. Nachdem er wieder nach Leon gekommen, hat er alsbald die Herrin verklagt, die dann auch gleich dessen geständig gewesen, weshalb sie dann auch ist verbrannt worden.

Die Hexe Beronda

¶ In Mauber bei Beaumont de Lamaigne, 8 französische Meilen von Toulouse entfernt, hat man erspürt und erfahren, daß die Zauberer der dortigen Gegend ihre Versammlungen und Tänze bei einem bestimmten Kreuze gehalten haben. Unter den betreffenden Tänzerinnen nun war eine, Beronda genannt, bei der man es für ratsam ansah, sie vor ihrer Hinrichtung noch mit einer anderen Frau zu konfrontieren, weil diese nicht hat gestehen wollen, jemals mit in der Gesellschaft der Zauberer gewesen zu sein. Da hat sie unverhohlen zu der Leugnerin gesagt: Weißt du es nicht mehr, als wir das letzte Mal bei dem Kreuze tanzten, daß du da den Topf voll Gift trugst? Die Hexe Beronda ist daraufhin auch lebendig verbrannt worden.

Zwei Hexen werden gefoltert. Deutscher Holzschnitt, 16. Jahrhundert

Die Hexe Johanna Herwilerin

¶ Am letzten April Anno 1578 ist die Hexe Johanna Herwilerin, gebürtig aus Verberich bei Campiegne, verurteilt worden. Neben anderen Sachen hat sie auch dieses bekannt, daß ihre Mutter durch das Urteil zweier Parlamente sei zum Feuer verdammt worden. Ihre Mutter habe sie, als sie 12 Jahre gewesen, einem Teufel übergeben, der in Gestalt eines schwarzen Mannes erschienen, der schwarze Kleider samt einem Seitengewehr angehabt, auch gestiefelt und gespornt gewesen und ein schwarzes Pferd an der Pforte stehen gehabt. Zu diesem habe die Mutter gesagt: Siehe, hier die Tochter, die ich Euch versprochen habe! Und zu der Tochter: Siehe da, dein Buhle, der dir alles Glück verleihen wird! Und daraufhin, nachdem sie Gott und seiner Religion abgeschworen, habe er fleischlichen Beischlaf mit ihr gehabt, ganz auf die Weise und Manier wie andere Männer und Weiber einander tun, ohne daß der fließende Samen kalt gewesen wäre. Dies, sagte sie, habe sie alle 8 oder 15 Tage mit ihm getrieben, auch später noch, als sie schon verheiratet gewesen und ihr Ehemann bei ihr gelegen, der es doch nicht habe merken können. Und einmal habe sie der Teufel gefragt, ob sie von ihm geschwängert werden wolle, aber sie habe nicht gewollt.

¶ Sie hat auch bekannt, wie oft sie durch den Teufel zur Versammlung der Hexen geführt und getragen worden, wenn sie nur eine bestimmte Salbe, die ihr der Teufel jedesmal dazu gegeben, gebraucht habe, mit der Feststellung, wie solche Hexenfahrt zu dem teuflischen Unholdentag so unsäglich schnell, geschwind und weit gewesen, so daß sie davon jedesmal müde und lasch geworden. Auch habe sie bei demselben Hexen-Reichstag allezeit eine große Anzahl Leute gefunden, welche alle einen schwarzen Mann, welchen sie Beelzebub nannten und der ungefähr dreißigjährig gewesen und an einem hohen Ort gestanden, angebetet haben. Und wenn diese beelzebubische Andacht vergangen, hätten sie sich gleich darauf untereinander zu vermischen gepflegt. Und nach alldem habe ihr schwarzer Herzog eine stattliche Rede und Vermahnung gehalten, daß sie sich auf ihn verlassen mögen und er sie an ihren Feinden rächen werde und überall ganz glücklich machen wolle. Als man sie ferner auch gefragt, ob man auch Geld daselbst ausgeteilt, hat sie solches mit nein beantwortet.

Die Zauberin von Cazareb

¶ In Cazareb bei Toulouse ist eine Zauberin gewesen, welche, nachdem sie das gesegnete Brot als Opfer dargebracht und auf den Altar gelegt, darauf hingegangen ist und in das Wasser gesprungen, sich zu ersäufen. Als sie aber aus dem Wasser herausgezogen worden, hat sie bekannt, daß sie das gesegnete Brot vergiftet hätte. Daraufhin ward das Brot den Hunden vorgeworfen; die sind alsbald daran gestorben. Als sie nun in das Gefängnis gekommen, ist sie in ihren Fesseln länger als 6 ganze Stunden in Ekstase oder Entzückung des Gemüts ohne alles Fühlen und Empfinden, als sei sie starr und tot, gelegen. Nachdem sie aber wieder zu sich selber gekommen und aufgestanden, hat sie gesagt, daß sie so matt und müde wäre und hat gar viele Geschehnisse und Geschichten, die sich an vielen Orten zugetragen und begeben, mit vielen sicheren Indizien vorgebracht und verkündet. Als aber die Zeit herbeigekommen war, daß sie sollte hingerichtet werden und sie nun schon zum Tode verurteilt war, hat sie den Teufel angerufen und ihn daran erinnert, daß er ihr zugesagt und verheißen hätte, er wolle einen so heftigen, grausamen Platzregen kommen lassen, daß sie kein Feuer empfinden solle. Aber sie ist um nichts mehr vor der Grausamkeit des Feuers geschützt oder gesichert gewesen.

Die schmerzunempfindliche Hexe

❡ Bei einem Autor ist zu lesen: Es hat mir der Präsident von la Tourette erzählt, daß er im Delphinat eine Hexe, die verbrannt worden, gekannt, die, nachdem sie sich bei einem Feuer der Länge nach hingestreckt, auf die Weise verzückt worden sei, daß ihr Leib im Hause blieb. Und weil sie nichts fühlte noch empfand, strich sie ihr Meister jämmerlich mit Ruten; und auf daß man erführe, ob sie tot sei, stieß man ihr Feuer an die Enden, die am allerzartesten sind. Jedoch konnte man sie damit nicht aufwecken, weshalb sie ihr Meister und dessen Frau, die nichts anderes meinten, als sie sei tot, auf dem Platt ausgestreckt liegen ließen. Morgens aber fand man sie schlafen in ihrem Bette. Dessen verwunderte sich ihr Meister und fragte sie, was ihr denn gefehlt habe. Darauf sie: Ach, mein Meister, wie habt ihr mich so übel geschlagen? Der Meister erzählte diese Geschichte seinen Nachbarn. Die sagten ihm rundheraus, sie sei eine Hexe. Da ließ er nicht nach, bis sie die Wahrheit bekannt, daß sie damals, als sie verzückt gewesen, mit ihrem Geiste der Versammlung der Zauberer und Hexen beigewohnt habe. Sie bekannte auch viele böse Stücke, die sie begangen hatte und ward deshalb lebendig verbrannt.

Die Zauberin von Bordeaux

¶ Ein anderer Autor berichtet: Im Jahre 1521, als man in Frankreich die Zauberer heftig verfolgte, da fand sich eine alte Zauberin in Bordeaux, die bekannt vor den Richtern, sie würde eine jede Woche samt andern Gespielinnen an einen bestimmten Ort geführt und getragen, wo sie einen großen Bock finde, der sie Gott zu verleugnen veranlasse und von ihnen das Gelübde nehme, ihm fortan zu dienen; und daraufhin küsse ein jedes den Bock an häßlichen, wüsten Enden; und wenn sie alsdann einen Tanz vollführt, so nehme ein jedes etliches Giftpulver. Hierauf wollte M. Belot, einer der vornehmsten Gerichtsleute, von der Zauberin eine Probe ihres Könnens erfahren. Sie aber gab vor, sie habe keine Gewalt, sie sei denn aus dem Gefängnis. Da ließ er sie frei. Alsbald rieb sie sich ganz nackt mit einer sonderbaren Salbe ein, worauf sie, gleichsam tot und ohne alle Empfindung, zu Boden fiel. Nach 5 Stunden, als sie wieder zu sich selber kam und aufstand, erzählte sie fremde Geschehnisse, die an verschiedenen Orten und Enden sich hatten zugetragen, auch als wahrhaftig befunden worden. Diese Historie habe ich von einem Grafen und Ordensritter, der dieser Probe beigewohnt und noch am Leben ist.

Eine Zauberin wird von der eigenen Tochter angezeigt

¶ Bei Bodinus lesen wir: Bovinus, Amtmann über das Kastell Roux, Abgesandter des Landes Berry, hat mir gesagt, daß er eine Zauberin hat zum Feuer verurteilt und verbrennen lassen, welche von ihrer eigenen Tochter war angeklagt worden, daß die Mutter sie mit sich in die Versammlung der Zauberer geführt und dem Teufel, damit er sie seine Künste lehre, überantwortet habe.

¶ Neben anderen bösen Handlungen bekannte die Zauberin auch, daß sie um den Bock herumgetanzt. Und es habe ein jeder Zauberer Rechenschaft ablegen und Bericht erstatten müssen über alles, was er seit der letzten Versammlung Arges angestiftet und getan und zu welcherlei Handlungen er das Giftpulver gebraucht und angewendet. Alsdann habe einer berichtet, er hätte ein Kind damit ums Leben gebracht, ein anderer, er hätte ein Pferd getötet, ein Dritter, er hätte einen guten, fruchtbaren Baum beschädigt und so fort. Uns als eine wäre gefunden worden, welche seit der Zeit nichts getan noch ausgerichtet hatte, habe sie mit einem Stecken viele Streiche auf die Fußsohlen erhalten, worüber dann die anderen sehr gelacht und sie dazu noch geneckt und verspottet hätten.

¶ Die Zauberin hat auch das noch gesagt: Sie müßten immer frisches Giftpulver haben.

Eine Hexe, die immer Böses tun mußte

¶ Ich habe in der Urteilsschrift einer Hexe gelesen, welche bekannt, sie habe nimmer Ruhe, wenn sie nicht alle Tage etwas Böses tue und anrichte oder wenigstens etwas Geschirr oder einen Topf zerbreche. Eines Tages aber, als ihre Herrin gesehen, daß sie vorsätzlich ein irdenes Geschirr zerbrach, bekannte sie gleich die Wahrheit. Weil sie nun unverhohlen sagte, sie habe keine Ruhe, wenn sie nicht jemanden töte oder etwas Arges anstifte, ward auch sie am Leben gestraft.

Eine Hexe stiehlt einer Kuh (links) die Milch, indem sie einen Axtstiel melkt. Aus: Geyler von Kaiserberg, Die Emeis, Straßburg 1516

Die kinderfressende Hebamme und andere Unholdinnen

❨Ich habe bei Bruder Sprenger gelesen, daß er eine im Costnitzer Gebiet zum Feuer hat verurteilt, welche bekannt, daß sie als eine Hebamme oftmals die Kinder aus ihrer Mutter Leib habe empfangen und dieselbigen durch Aufheben in die Höhe dem Teufel präsentiert und übergeben und ihnen danach eine große Nadel an einem Ort, da es kein Blut gegeben, in das Häuptlein gesteckt und sie so getötet. Wenn sie dann merkte, daß man sie zu Grabe trug, ging sie hin und grub sie wiederum aus, kochte sie danach im Ofen, aß das Fleisch und hob das Fett zu besonderen teuflischen Sachen auf. Sie bekannte auch – schrecklich dies zu hören! –, sie habe auf diese Weise 40 Kindbett-Kindlein getötet. Gebürtig war sie von Dann, nahe bei Basel. Auch gedenkt Sprenger neben dieser noch einer andern, die war aus Straßburg und hat unzählige Kindlein umgebracht, was ihr auch das Todesurteil einbrachte.

❨Eine ebensolche Kindesmörderin war die Zauberin Medea, von der man liest, daß sie zum einen ihren leiblichen Bruder, zum anderen ihre eigenen Kinder hat umgebracht. Bei Horaz lesen wir auch von den Zaubereien, welche die Canidia getrieben. Und bei Lukanos von der Unholdin Erichtho, daß diese Kröten, Schlangen und Gebeine gebraucht, wie die unsrigen Hexen auch im Brauch haben.

❨Belangend das Meschenfleisch fressen, ist dasselbe ohne Zweifel gewiß; und die Hexen sind von alten Zeiten her stets darauf vernascht gewesen, so daß es kaum möglich war, die toten toten Körper genugsam sorgfältig vor ihnen zu bewahren und zu verschließen, um zu verhindern, daß die teuflischen Totenfresserinnen in die Gemächer kamen und die Toten bis auf die Knochen benagten. So lesen wir, daß Apollonius Thyanäus eine solche Hexe, die von Menschenfleisch gelebt, entlarvt und sie aus der Stadt Corinth gejagt habe.

Ein Dämon trägt ein Kind davon, das dem Teufel versprochen war. Aus: Geoffroy de Latour Landry, Ritter vom Turn, Basel 1493

Die Hexen und Zauberer von Poitiers

❨ Der Autor der »Wunderlichen Historien von Gespenstern« schreibt: Man liest von einer Exekution, welche geschehen ist in Poitiers im Jahre 1564, welche Historie ich an vielen Stellen gelesen und auch von Salberto, dem Stadtvogt von Poitiers (welcher dazumal zusammen mit anderen Richtern in dieser Sache ein peinliches Gericht zu halten und ein Urteil zu sprechen gefordert war), gehört und jedermann im ganzen Gebiet wohl bekannt ist. ❨ Es sind drei Mannspersonen, welche Zauberer waren, und eine Weibsperson, eine Hexe, gleichzeitig verurteilt und lebendigen Leibes mit Feuer verbrannt worden, welche überführt waren, daß sie viel Menschen und Vieh ums Leben gebracht hatten durch Hilfe und Vorschubleistung des Teufels, welcher, wie sie bekannt, ihnen etliche Pulver gegeben, welche sie den Leuten in die Ställe gestreut und unter die Türschwellen der Häuser vergraben hätten. Sie haben ferner auch ausgesagt und bekannt, daß sie dreimal jährlich zum großen Konvent der Hexen und Hexenmeister zu ziehen pflegten, wo dann eine unzählige Menge Zauberer und Hexen zusammengekommen seien, und zwar bei einem bestimmten Kreuzstock oder Kreuzbild, welches ihnen Losung und Kennzeichen gewesen. In demselben Konvent sei ein großer schwarzer Bock als das oberste Haupt des Konvents, welcher wie ein Mensch die Umstehenden anredete, gewesen. Um denselben tanzten sie dann alle miteinander herum mit brennenden Fackeln. Danach mußten sie denselben großen schwarzen Bock auf den Hintern küssen. Wenn dies alles geschehen, wurde der Bock mit Feuer verbrannt und verzehrt. Von desselben Asche pflegte dann jeder Zauberer und jede Hexe etwas zu nehmen und damit ihren Feinden Schaden zu tun, so daß sie denen, welchen sie wollten, ihre Ochsen, Schafe, Pferde und dergleichen Vieh beschädigen und töten, ja auch den Menschen eine Leibesschwäche, auch wohl gar den Tod zufügen konnten. Zuletzt und zum Beschluß desselben Konventes pflegte der Teufel mit schrecklicher Stimme diese Worte zu donnern und von sich zu geben: Rächt euch oder ihr werdet alle des Todes sterben! Und alsdann wurde ein jeder wiederum von demselben Konvent durch den Teufel an den Ort gebracht, woher er ihn geholt.

℄ Es sagte auch derselbe vortreffliche Mann Salbertus, man ersehe aus den alten Akten, daß vor mehr als 100 Jahren ebenfalls Zauberer wegen derselben Ursache und Straftat verurteilt und hingerichtet worden sind, welche auch alle diese Dinge, wie von diesen vier Personen begangen, bekannt und ausgesagt, und daß solches alles eben an der Stelle bei dem Kreuz geschehen ist. Unter diesen sind zwei Personen bekehrt worden, die anderen beiden aber sind in ihrer Verstockung gestorben.

℄ Ich habe auch die Verurteilung gelesen, die über die Hexen von Poitiers gesprochen, welche mir der Herr Adrian Ferreus, Königlicher Statthalter zu Laow, hat mitgeteilt und zukommen lassen. In demselben lautet ihr Bekenntnis so: Sie haben etliche Wörter gesprochen, da sind sie alsbald auf Besen in eine Mühle nicht weit von der Stadt Longny geführt worden. Daselbst haben sie auch andere Hexen oder Zauberinnen, welche Besen oder Kehrbürsten in ihren Händen gehabt, und bei denselben sechs Teufel, deren Namen daselbst verzeichnet, angetroffen und gefunden. Daselbst haben sie Gott abgesagt und die Teufel in menschlicher Gestalt und Form, doch grauenhaft und schrecklich anzusehen, geküßt und angebetet. Danach haben sie mit ihnen getanzt. Und nach gehaltenem Tanz haben die Teufel bei den Hexen geschlafen. Daraufhin haben diese etliche Pulver abverlangt, das Vieh zu beschädigen und zu töten. Zuletzt wurde beschlossen, über acht Tage wiederum an demselben Ort zusammenzukommen, und zwar gegen Abend. Und diese Hexenversammlung hat stets 3 Stunden gedauert. Danach sind sie ein jedes wieder an seinen Ort gebracht worden.

Ein Hexenmeister tauscht das Evangelium gegen ein Zauberbuch der Schwarzen Magie. Aus: R. P. Guaccius, Compendium Maleficarum, Mailand 1626

Die Zauberer von Nantes

❡ Ein Autor berichtet:

❡ Ich habe im Jahre 1549, als ich in Nantes gewesen, von der Verurteilung von sieben Zauberern gehört, welche im Beisein vieler Leute vorgaben, sie wollten innerhalb einer Stunde Kunde von alldem bringen, was auf zehn Meilen ringsherum geschehen, und blieben dergestalt wohl drei Stunden liegen. Danach standen sie wieder auf und gaben Nachricht von dem, was sie in der Stadt Nantes und noch weiter herum gesehen hatten, wobei sie Örter, Geschehnisse und Personen wahrgenommen. Und was sie so erzählt, das hat man auch alsbald als richtig befunden. Diese des Teufels Kunden hat man, nachdem sie vieler Übeltaten angeklagt und überführt worden, miteinander verbrannt.

Hexenmeister, der auf Treibgut über die Wellen geht. Aus: Olaus Magnus, Historia de gentibus septentrionalibus. Rom 1555

Zwei kindermordende Männer

¶ Vor 100 Jahren ist in Nantes der Freiherr von Raitz als ein Zauberer verurteilt und hingerichtet worden, nachdem er bekannt, daß er 8 Kindlein umgebracht habe und nahe daran gewesen, auch das Neunte umzubringen und dasselbe dem Teufel zu opfern, welches Neunte sein leiblicher Sohn war, den er gesinnt war, im Mutterleibe zu töten (behufs dessen er die eigene Ehefrau, welche mit dem Kinde schwanger ging, aufzuschneiden gedachte), nur um dem Teufel eine besondere Ehre zu erweisen. Dieser Freiherr bekannte daneben auch dies, daß er den Teufel in seiner Kammer pflege anzubeten und vor ihm jedesmal, wenn er in menschlicher Gestalt erscheine, niederzufallen, ja ihm auch Weihrauch darzubringen, welches eine Weise und Form der abscheulichsten und verfluchtesten Opfer der Amoräer und Kanaanäer ist gewesen. Der Teufel hat ihm wundergroße Dinge verheißen, daß er ihn sehr erhöhen wolle. Aber zuletzt, als er sich gefangen und im höchsten Jammer und Elend verstrickt gesehen, da hat er alles bekannt und ist daraufhin vom Leben zum Tod gerichtet worden.

¶ Wir lesen auch bei Ammianus Marcellinus, daß der Zunftmeister Pollentian sei überführt worden, daß er eine schwangere Frau aufgeschnitten, um von ihrem Kindlein zu erfahren, wer Kaiser werden solle.

Der leichenfressende Zauberer von Montpellier

☾ Bodinus schreibt: Rondeletius, ein sehr verständiger und berühmter Mediziner, hat in Montpellier einen Zauberer ausgespäht, der sich stets bei den Gräbern aufzuhalten gepflegt. Und er hat denselben dabei ertappt, wie er sich zu einer Grabstelle begeben, wo man am vorhergehenden Tage ein Weib begraben, und wie er der Toten einen Hinterbacken abschnitt und noch während er das Fleisch davontrug, mit Lust und gierigen Zähnen in dieses hineinbiß und wacker davon abzwackte.

☾ Diese Historie habe ich von einem Schüler des Rondeletius, der zu dieser Ausspähung mitgegangen war. Derselbige sagt mir, es wäre dies die Krankheit, die man Lycanthropie nennt, welche macht, daß die Menschen unsinnig werden und meinen, sie seien in Wölfe verwandelt, so daß sie sich mit solch unmenschlicher Speise zu mästen pflegen.

Triscalanus vor Karl IX.

¶ Im Land Pictoirs hat König Karl IX. im Jahre 1571 einst, nachdem er zu Mittag gegessen und seine königliche Mahlzeit gehalten hatte, den Zauberer Triscalanus vor sich bringen lassen, damit er gegen die Zusicherung, ihm das Leben zu schenken, seine Mitschuldigen und Komplizen angebe. Dieser hat in Gegenwart des Königs und vieler anderer Fürsten und Herren bekannt und ausgesagt die ganze Angelegenheit: welche Bewandtnis und Beschaffenheit es mit den Magiern oder Zauberern allenthalben habe; wie und in welcherlei Gestalt sie zu ihrem Konvent kämen und geführt würden; was für einen Tanz sie zu halten pflegten; wie sie den Satan opferten; und wie sie danach bei den Teufeln, welche überall männliche und weibliche Gestalt an sich hätten, schliefen und der Unzucht pflegten. Und er sagte auch, daß, wenn er zum Hexentanz getragen würde, so finde er stets eine Unzahl von dem Teufel ergebenem Gesindel, welches, nachdem es einen Bock angebetet und diesem zu dessen Ehre den Hintern geküßt, einen Tanz vollführe, und zwar Rücken an Rücken, und danach mit den Teufeln fleischlicher Vermischung pflege. Er sagte auch noch dies, daß ein jeder Zauberer und eine jede Hexe von seinem bzw. ihrem Buhlen etliche Pulver erhielten, mit denen sie Menschen und Vieh töteten und ums Leben brächten und die Früchte auf dem Feld beschädigten und verderbten.

¶ Als sich nun über solchen Reden jedermann nicht genugsam verwundern konnte, erzählte der wohlgeborene Herr Caspar von Coligny, Admiral von Frankreich, von einem Jüngling im Land Pictow, welcher vor etlichen Monaten aufgegriffen und beschuldigt worden,

Eine Hexe verzaubert einen Fuß. Aus: Ulrich Molitor. De lanijs et phitonicis mulieribus. Köln 1489

daß er zwei von Adel umgebracht habe. Dieser habe bekannt, daß er der Bursche und Diener zweier Junker gewesen. Er habe aber einstmals gesehen, daß sie etliche Pulver in etlicher Leute Häuser und auf die Saat und auf die Äcker geworfen und diese Worte dazu gesagt: Maledictio in istos fructus, in istam domum, in istam regionem! (Maledeiung über dieses Haus, dieses Land und diese Äcker!). Als er nun auch an solches Pulver herangekommen sei, habe er es genommen und auf das Bett gestreut und geworfen, darinnen die zwei Edelleute, seine Junker, gepflegt hätten zu liegen. Und daraufhin seien sie alle beide des Morgens sehr aufgeblasen und aufgelaufen und kohlschwarz, tot im Bett liegend, aufgefunden worden. Auf diese Aussage hin hat die Obrigkeit denselben Burschen oder Diener der zwei Edelleute freigesprochen und losgegeben.

☾ Als der oben erwähnte Zauberer diese Geschichte gehört, hat er angefangen, noch viel mehr dergleichen Fälle zu erzählen. Und weil man ihm versprochen, daß er Gnade erlangen würde, wenn er seine Mitschuldigen und Gesellen angeben würde, bezeichnete er alsbald dieselben, die er auf dem Hexensabbat hatte gesehen oder die sonst ein besonderes Merkzeichen, welches sie unter sich selbst zu erkennen wissen, an sich hatten. Um seinen Angaben mehr Glauben zu verschaffen, sagte er unverhohlen, seine Zauberburschen, die einen großen Haufen ausmachten, seien wie eine Herde Vieh gezeichnet; und man finde das Merkzeichen, wenn man sie nackt ausziehe. Man befand es auch in der Tat so. Denn sie waren gleichsam wie mit einem Hasentäpflein gezeichnet, und derselbe Ort war unempfindlich (so daß die Zauberer keinen Stich empfanden, wenn man sie an dieser Stelle auch bis auf den Knochen stechen tut).

Die 30 Zauberer von Maime

¶Bodinus schreibt: Es ist nicht sehr lang her, daß in dem Land von Maime viele sind verbrannt worden, welche bekannt, daß sie bei Nacht zum Hexensabbat gefahren und ungeheuerliche Dinge verübt. Aller Aussagen stimmten darin überein, daß sie pflegten leiblich weggetragen zu werden und den Teufel, nachdem sie Gott verleugnet und abgeschworen, anzubeten und ihre üblichen Tänze zu halten. Von der erwähnten Exekution sind nicht viel weniger als dreißig Zauberer betroffen gewesen, denn ein jeder hatte den anderen aus Neid verklagt.

Titelblatt der ältesten englischen Volksbuchausgabe von Christopher Marlowes, The Tragicall Historie of the Life and Death of Doctor Faustus, veröffentlicht von John Wright, London 1631

Der zauberkundige Graf von Aspermont als Gastgeber

℄ Es ist noch vielen alten Leuten bekannt, daß einer der Grafen von Aspermont allerlei Gesellschaft, die in sein Haus gekommen, dermaßen herzlich und stattlich zu empfangen und zu traktieren pflegte, daß sie an den köstlichen Trachten, der guten Aufwartung und allerhand Überfluß ein großes Vergnügen fanden. Allein das Letzte ist ihnen nicht annehmlich gewesen, denn wenn die Leute und Pferde aus seinem Hause gegangen, sind sie Hungers und Durstes gestorben, welches ich von vielen, die noch am Leben, vernommen.

Der Zauberer Cynops

¶ Philippus Ludwig erzählt, daß der Apostel Johannes einst die Teufel gefragt habe, warum sie dem Zauberer Cynops so gehorchten. Da habe ihm der eine Teufel geantwortet: Weil alle Kraft des Satans in ihm wohnt, und dies daher, weil er einen Pakt gemacht mit allen unseren Fürsten und wir wiederum mit ihm: Cynops ist uns gehorsam und wir ihm desgleichen.

Zauberer, der zum Hexensabbat reitet. Aus: Ulrich Molitor, De lanijs et phitonicis mulieribus. Gedruckt von Cornelius de Zierikzee, Köln 1489

Der Zauberer Edelinus

❡ Johannes Charterius, welcher die Historien des Königs Karls VII. beschrieben, berichtet, daß Guilhelmus Edelinus, Doktor an der Sorbonne in Paris, der Weihnachten Anno 1453 als Zauberer ist verurteilt worden, bekannt, daß er bei Nacht oft zu den Versammlungen der Zauberer und Hexen sei weggetragen oder weggeführt worden und daselbst Gott verleugnet und den Teufel in Gestalt eines Bocks, den er den Hintern geküßt, angebetet und verehrt habe. Und dergleichen Exempel führt Bodinus sehr viele an.

Taufen in des Teufels Namen

❡ Von zwei Pfaffen zu Köln wird berichtet, daß sie an die dreihundert Kinder in des Teufels Namen getauft haben; indem sie die Taufe in lateinischer Sprache verrichtet.

Satan, der junge Zauberer widertauft. Aus: R. P. Guaccius, Compendium Maleficarum. Mailand 1626

Seltsames Bekenntnis einer Hexe

❨ Eine denkwürdige Historie führt Paulus Grillandus in seinem »Tractatus de sortilegiis« an von einer Hexe, welche in der Marter und im Gefängnis bekannt hat, daß sie eben in der Nacht und in derselben Stunde wäre bei ihrem satanischen Wohlleben gewesen, in und zu welcher ihr Ehemann, gemäß seines geleisteten Eides, sie will bei sich im Bett bemerkt und mit Fleiß zu unterschiedlichen Malen angegriffen haben.

Ein Schwarzkünstler am Nordpol

℄ Von einem englischen Mönch aus Oxford wird erzählt, daß er durch seine Schwarzkunst an die Örter, die unter dem mitternächtigen Pole liegen, geführt worden ist.

℄ Und er habe allda gefunden einen großen Stein, der einen Umkreis von 33 Französischen Meilen gehabt, unter welchem das mitternächtige Meer durch 4 Einflüsse in einen ungeheuren Schlauch und ein grundloses Loch verschlungen werde.

Hexenmeister, der einen Sack voll Wind verkauft, der in drei Knoten eines Taus gebunden ist. Aus: Olaus Magnus, Historia de gentibus septentrionalibus, Rom 1555

IV. Von übernatürlicher Buhlerei

Titelblatt, das das Maul der Hölle zeigt mit Luzifer und Satan. Aus dem Livre de la Deablerie, Paris 1568

Teuflischer Beischlaf

☾ Raue schreibt: Die bösen Geister, unzüchtig und unverschämt wie sie sind, vermischen sich mit den ihnen Zugetanen, und zwar in der schönen, anmutigen Gestalt eines schönen starken Mannes, wenn sie mit einem Weibsbilde zu tun haben, und wenn sie es mit einem Mann zu tun haben, unter eines schönen Weibsbildes Gestalt. Es bekennen aber alle, die sich solchem Beischlaf unterziehen, daß wenig Wollust und Ergötzlichkeit in diesem sei, wegen der Kälte, durch die die Wollust des Beischlafes wird verhindert. Ja, man sagt, daß der Teufel des öfteren die Weiber zu fragen pflegt, ob sie von ihm schwanger werden wollen; und wenn sie ihm dieses bewilligen, bringt er ihnen menschlichen Samen, den er anderswo bekommen und in seinen natürlichen Kräften erhalten, wovon dann derartige teuflische Geburt wird formiert.

Die Buhlgeister

❨ Hildebrand schreibt in seiner »Theurgia«: Der Incubus ascendent verwandelt sich in ein Tier, nämlich eine Geiß, einen Esel oder einen Hund, das ist: er schlüpft in ein solches Tier und redet aus ihm, formiert es vor unseren Augen wie er will, oben in einen Menschen, unten der Geiß, dem Hund oder dem Esel gleich. (Daher das Sprichwort: Der Teufel hat Esels-, Hunds-, Geißfüße.) Und aus der Kraft desselben Tiers vollbringt er sein Werk. Darum werden von den jungen Unholden tierförmige und erschreckende Figuren, die Eseln, Geißen und Hunden gleichen, geboren. Diese Kinder bettet der Teufel auf Heuberge, in Lauben, in Linden, an geheime Orte, damit sie vor der Welt nicht zuschanden werden, denn er behütet sie nicht etwa ihnen, sondern sich selbst zugute vor Laster und Schande, damit er länger die Welt mit ihnen betrügen und verletzen kann. Doch ist zu bemerken, daß die unflätigen Geißgeister, wenn sie sich bei Männern finden, Succubi oder Hyphialtes oder Unterliegerinnen genannt werden, wie denn die Melusine von Lützelburg auch ein solcher Succubus oder Teufel gewesen ist. Wenn sie aber bei den Weibern sind, heißen sie Incubi oder Ephialtes.

❨ St. Augustin schreibt im 15. Buch »Von der Stadt Gottes«, daß die fleischliche Kopulation mit den Teufeln so verbreitet sei, daß es ein unverschämtes Stück wäre, demselben zu widersprechen. Seine Worte lauten auf deutsch folgendermaßen: Weil denn ein allgemeines Gerede darüber ist, viele es auch unverhohlen bestätigen, daß sie es haben erfahren oder von glaubwürdigen Leuten vernommen, die es erfahren gehabt, daß die Sylvani oder Waldmännlein und Inni, die man sonst gemeinhin Incubi oder Aufhöcker nennt, in sehr geiler, brünstiger Weise den Weibern nachgestellt, ja mit ihnen ihren Mutwillen getrieben haben, auch als gewiß dargelegt, daß sich Geister finden, welche die Gallier Dusios nennen, die stets solche Unreinheit zu verüben sich unterstehen und auch in der Tat begehen, darum wäre es ja eine unverschämte Handlung, solches verneinen zu wollen. – Gyraldus Livius und Isidorus bezeugen ebendieses auch.

℄ Vor allem aber bezeugen täglich die Unholde und Hexen, wenn sie peinlich verhört werden, daß sie ungebührliche Gemeinschaft mit diesem oder jenem Teufel gehabt haben. So beschreiben auch solches die Autoren des »Hexenhammers«, als da sind Heinricus Institoris und Jacobus Sprenger, gleichfalls auch Thomus Aquinus, Martinus de Arles und Petrus de Palude.

℄ Doch mag vielleicht einer noch im Zweifel sein, ob es wahr oder erlogen sei, daß die bösen Geister sich mit den Unholden paaren. Diese Frage, nämlich ob solche Vermischung möglich sei, ist vor dem Kaiser Sigismund traktiert worden, insbesondere auch dies, ob von einer solchen Kopulation etwas gezeugt und geboren werden könne. Und es ist wider die Meinung des Cassianus beschlossen worden, daß beides, Kopulation und Generation, möglich sei, gemäß den Glossen des Thomas von Aquino über das erste Buch Mosis, wo er sagt, daß die, welche daraus geboren werden und entstehen, einer anderen Natur seien als die, welche natürlich gezeugt werden.

Die Teufelsbuhlen

¶ Wir lesen bei Johannes Meyer, welcher die flandrische Historie sorgfältig und fleißig beschrieben hat, daß im Jahr Christi 1459 eine große Anzahl von Manns- und Weibspersonen in Flandern ist verbrannt worden, welche nacheinander bekannt und ausgesagt, daß sie jede Nacht zum Tanz geholt worden seien, wo dann die Teufel, welche sie in menschlicher Gestalt verehrt und angebetet, bei ihnen geschlafen.

¶ Es schreiben Jacob Sprenger und seine vier Kollegen, die Inquisitoren der Hexen, daß sie über unzählig viel Zauberer das Urteil gesprochen und sehr vielen in Deutschland den Tod zuerkannt haben, vornehmlich aber im Costnitzer und Ravensburger Gebiet im Jahr 1485, welche alle bekannt, daß, wenn sie auf Eingebung und Geheiß des Teufels Gott und ihrem Glauben abgeschworen, der Teufel fleischliche Wollust mit ihnen gepflegt habe. Ja, was noch mehr ist, so schreiben sie noch ferner, daß ihrer viele gefunden worden, welche, bevor sie in der Obrigkeit Hände und Bande gekommen, sich bekehrt und von dieser Vereinigung und Vermischung mit dem Teufel abgelassen haben; sie haben dann eben auch bekannt, daß der Teufel so lange mit ihnen Gemeinschaft und zu tun gehabt, so lange sie Zauberinnen gewesen. Sprenger setzt auch noch das hinzu, daß sich die Zauberinnen oder Hexen oftmals auf dem Felde und in den Wäldern öffentlich und unverschämt aufdecken und entblößen und den Teufeln ihren Willen tun. Sie seien auch oftmals so aufgedeckt auf dem Felde gesehen worden. Es hätten auch oftmals die Männer ihre Weiber bei den Teufeln ergriffen, und weil sie dieselbigen für Männer oder geile Gesellen angesehen, mit Schwertern auf sie eingeschlagen, hätten aber nichts ausgerichtet oder getroffen.

¶ Paulus Grillandus, ein italienischer Jurist (welcher über viele Hexen das Urteil gesprochen), schreibt, er sei Anno 1576 im Herbstmonat von einem Abt von S. Pauli bei Rom gebeten worden, daß er über drei Hexen ein Urteil sprechen wolle; und dieselben hätten unter andern bekannt, es würden alle Hexen durch Beischlaf mit dem Teufel copuliert und vermischt.

¶ Wir lesen in der »Histori S. Bernhardi«, daß eine Zauberin gewesen sei, welche gar oftmals sich mit dem Teufel im Bett vermischt, als ihr Mann an ihrer Seite lag und ohne daß dieser es gemerkt noch innegeworden.

Massenexekution an Bürgern von Haarlem, die man als Teufelsschüler bezichtigt unter Fernando Álvarez de Toledo, Herzog von Alba, nach der Eroberung Haarlems im Jahr 1573. Aus: Michael Aitsinger, De leone Belgico

Lamien, Satyren und Sylvanen

❡ Raue schreibt: Die Lamien oder Nachtgespenster pflegen den Personen, die mit besonderer Leibesschöne begabt, heftig nachzustellen und sie zum Beischlaf zu gebrauchen, um diese danach ums Leben bringen zu können. Ein solches Gespenst hatte einstmals in Gestalt einer vortrefflichen schönen Jungfrau in einer stattlichen Behausung eine herrliche Mahlzeit zugerichtet. Als es aber an dem war, daß der von ihr erwählte Jüngling sich mit ihr ehelich verbinden wollte, kam Apollonius, erkannte des Teufels Betrug und vertrieb, weil er sich des Jünglings erbarmte, das Gespenst, die vermeintliche Jungfrau, welche alsbald mit Haus und allem prächtigen Hausrat verschwunden, so daß der Jüngling aus der Gefahr errettet wurde.

❡ Dieser Apollonius hat, als er durch ein Dorf in Ägypten reiste, einen Satyr, der den Weibern sehr nachgesetzt, durch einen Trunk Weins eingeschläfert, gebunden und verordnet, daß er hinfort dem Land keinen Schaden mehr zufüge.

❡ Unter diesen unzüchtigen Genien haben allezeit die Sylvani den Vorzug gehabt, welche (wie Aelianus schreibt) aus dem Beischlaf der Sybaritin Crathis mit einem Geißbock gezeugt worden, mit eines Menschen Angesicht, am Leib wie eine Geiß: bis an den Nabel wie ein Mensch, mit Hörnern auf dem Haupt und spitzen Haarlocken unter dem Kinn, vom Nabel an bis unten einem Bock gleich, mit gespaltenen haarigen Bocksfüßen. Diesen Abkömmling der Crathis haben die Sabariten unter ihre Götter gezählt und Sylvanum genannt, weil er in den Wäldern gewohnt. Er ist den schwangeren Weibern sehr lästig, weil er deren Blutfluß bei der

Geburt verhindert, ihre heimlichen Glieder in unzüchtiger Weise betastet und sie des öfteren in Lebensgefahr stürzt.

Dämonen, gezeichnet von Hans Holbein d. J. Aus: Historiarum Veteris Testamenti icones. Gedruckt von Johan und Franciscus Frellon, Lyon 1543

Die Lilith-Geister

❡Bis zum heutigen Tag wähnen der Juden Weiber, daß etliche bestimmte unkeusche böse Geister und Genien den Weibern bei der Geburt sehr zuwider seien. Und deswegen unterstehen sie sich, dieselben durch Anbringung etlicher bestimmter Charaktere in den Ecken der Kammern, in denen die Kindbetterin sich aufhält, hinwegzubannen, indem sie in vorbereitete Zirkel diese Worte schreiben: Huiz Liuth. Die Kabbalisten behaupten, es seien diese schädlichen Lilith-Geister seit Anfang der Welt im Paradies gewesen und aus dem Samen Adams, den er von sich gelassen, geboren worden. Sie haben nach ihrer Meinung einen greifbaren Leib, der gefühlt werden kann, obwohl er aus Luft bereitet und demzufolge subtil und geschwind ist und leicht verschwinden kann. Er läßt sich zuweilen in Gestalt einer durchsichtigen Wolke sehen, die leicht durch alles hindurchdringt; und wenn er gegen eine Wand stößt, verschwindet er oder erhebt sich in die Luft. Diese Geister nun sollen ihr Leben auf tausend Jahre ausdehnen, an Leib und Alter wie die Menschen zunehmen und ihr Geschlecht durch die nächtliche Pollution, Befleckung und Ausgießung des männlichen Samens oder wollüstige Träume der Männer fortpflanzen. Sie sind sehr zur Unzucht geneigt und haben große Lust an der Weiber Monatsfluß, durch den sie gestärkt werden und an Alter zunehmen. Sie pflegen auch des Nachts sich zu den jungen Gesellen zu legen, um die gebärenden Lebensgeister und -kräfte aufzumuntern, auch die Geburtsglieder zu schändlicher Samensergießung anzureizen, um sich damit zu belustigen.

Die Cochomaren oder Gaukemaren

❨ Bodinus schreibt: Im Lande Valois und in der Picardie findet man eine Art von Zauberin oder Hexe, die Cochomares oder Gaukemares genannt wird. Und zu dessen Bestätigung sagte mir Nikolaus Noblet, ein reicher Bauersmann, wohnhaft in Haute Fontaine in Valois, daß er, als er noch ein Kind gewesen, des Nachts oft diese inkubischen Hockemänner oder Ephialtes gefühlt und sie nach Landesbrauch die Cochomaren genannt habe. Und wenn ihm solches zur Nacht widerfahren, habe des folgenden Tages die alte Zauberin, die er gescheut, nicht mehr ins Haus gedurft, um Feuer oder sonst etwas bei ihm zu holen. Und gleichwohl war er so gesund wie einer nur sein mag. Auch hat er es nicht allein für gewiß und wirklich gehalten und erzählt, sondern auch viele andere.

❨ Auch lesen wir eine gleichartige Geschichte im 8. Buch der »Schottischen Historien«, daß einer alle Nacht von einer Zauberin ist dermaßen gedrückt und geritten worden, daß er weder schreien noch sich hat wehren können. Zuletzt ist er durch Gebet und Rufen zu Gott davon losgekommen.

Frau Venus

❨ Die vornehmste und verschrieenste Nymphe unter den Geistmenschen ist Frau Venus, derer die griechischen Skribenten viel gedenken und welche sie achteten als eine Göttin der Wollust und schönen Gestalt. Es haben sie auch nicht allein die alten Heiden, Griechen und Lateiner, sondern auch die Sachsen in Magdeburg verehrt, allda Drusius Nero samt seinem Sohn Germanicus zu des Kaisers Augustus Zeiten der Venus ein Bild aufgerichtet, welches nackt auf einem Wägelein fuhr, mit schönen, lieblichen Augen und langen gelben Haaren. Ihr Haupt war gekrönt mit Myrte, an der Brust trug sie eine brennende Fackel, in der rechten Hand die Weltkugel und in der linken Hand drei goldene Äpfel. Nach ihr kamen die drei Grazien oder Holdseligkeiten mit zusammengewundenen Händen, brachten ihre Gaben. Den Wagen zogen zwei Schwäne und zwei Tauben. Ihre Stadt und Wohnung ist in ihrem Chaos, das ist in Bergen, Höhlen und Klüften, gewesen, darinnen man oftmals große treffliche Gewölbe und Höhlen gefunden, darinnen sie ihre Wohnung, Versammlung und Regiment gehabt. Ihr ist insbesondere der Freitag unter allen anderen Tagen zugeeignet, an welchem die Geister erscheinen in einem kleinen Leib, mittelmäßiger Gestalt, mit lieblichem, freundlichem Gesichte, von Farben weiß und grün. Ihre Bewegung ist wie der schönste und hellste Stern.

❨ Ein solcher Venusgeist ist gewesen die Braut des Menippus. Davon schreibt Philostratos, daß Menippus, ein schöner junger Gesell, sei gereist von Korinth nach Kenchrea. Auf dem Weg habe er eine sehr schöne Nymphe angetroffen, die sich gestellt, als ob sie ihn höchlich liebe, weswegen er etliche Tage in dem nächstgelegenen Haus bei ihr verharrt und fleischliche Wollust mit ihr getrieben. Er sei auch durch ihr Schmeicheln und Liebkosen so weit getrieben worden, daß er sie zum Weib zu nehmen sich fest vorgenommen und schließlich auch Hochzeit mit ihr gehalten. Während der Festmahlzeit aber sei Apollonius Thyanäus, ein vornehmer Schwarzkünstler, gekommen und habe ihm den Betrug offenbart, worauf sie alsbald verschwunden.

Eine Hexe zieht einen Sturm zusammen. Aus: Olaus Magnus, Historia de gentibus septentrionalibus, Rom 1555

Tannhäuser im Venusberg

Prosafassung I:

❨ Man sagt, daß der getreue Eckhard nicht allein vor dem hörselbergischen Kriegsheer herziehe, sondern auch, daß er ein Türhüter oder Schließer des Venusberges sei, bei dessen Türen er sitze und diejenigen, die hineingehen wollen, abwehre, damit sie nicht dort ewig bleiben müssen wie der unglückselige Tannhäuser, von welchem unsere Vorfahren viel zu erzählen gewußt haben. Und zwar ist dies auch nicht zwecklos und nichtig, wenn man nicht sowohl die Wörter als vielmehr die Aussage oder Sache an sich ansieht. Dieser Tannhäuser nun, nachdem er aus dem Venusberge, von welchem doch niemand weiß, wo er sei, durch ein enges Ritzlein herausgedrungen, sei er zum römischen Papst Urban gekommen und demütig wegen seiner Untaten vor ihm auf die Knie gefallen. Dennoch habe er eine traurige, abschlägige Antwort erhalten, indem der römische Papst gesagt, daß derselbe Stecken, den er damals in der Hand hatte, viel eher blühen würde als daß der Tannhäuser Vergebung seiner Sünden erhalte. Darauf soll der Tannhäuser weggegangen sein und sich aus Verzweiflung in den Venusberg verkrochen haben, vielleicht erwägend, was bei Vergil steht: Will Gott nicht helfen, so mag der Teufel helfen! Nicht lange danach soll dieser Stecken geblüht haben als eine Aaronsrute. Man hat hierauf auch den Tannhäuser allenthalben suchen lassen, daß man ihm diese fröhliche Botschaft brächte, aber man hat leider den armen Kerl nicht finden können, da er sich (nicht allein aus eigener Schuld, sondern ebenso wegen des unbescheidenen Papstes Unbesonnenheit) in der Venus Wohnung (doch weiß ich nicht, was es für ein teuflischer Hurenwinkel sein mag) begeben und dort einquartiert hat.

Prosafassung II:

❨ Es ist eine Fabel, daß der Tannhäuser in dem Venusberge gewesen sei und habe danach dem Papst Urban zu Rom gebeichtet. Papst Urban hat einen Stecken in der Hand gehabt und gesagt, so wenig der Stecken grünen könne, so wenig werde Tannhäuser Vergebung seiner Sünden erlangen und selig werden. Da ist Tannhäuser verzweifelt und wieder in den Berg gegangen, und ist noch darin. Bald danach empfängt Papst Urban eine Offenbarung, daß er dem Tannhäuser seine Sünde vergeben soll, denn der Stecken beginne zu blühen. Darum schickte der Papst aus in alle Lande und hieß den Tannhäuser suchen, aber man konnte ihn nirgends finden. Weil nun der Tannhäuser so mit Leib und Seele verdorben ist, sagen die Deutschen, der treue Eckhart sitze vor dem Berge und warne die Leute, sie sollen nicht hineingehen, es möchte jenen sonst ergehen wie dem Tannhäuser.

Versfassung:

℄ Nun will ich aber heben an /
Von Tannhäuser wollen wir singen /
Und was er wunders hat getan /
Mit Frau Venusinnen.

Der Tannhäuser war ein Ritter gut /
Er wollt groß Wunder schauen /
Da zog er in Frau Venus Berg /
Zu andern schönen Frauen.

Herr Tannhäuser / ihr seid mir lieb /
Daran sollt ihr gedenken /
Ihr habt mir einen Eid geschworen /
Ihr wollt nicht von mir wanken.

Frau Venus / ich habe es nicht getan /
Ich will das widersprechen /
Wenn niemand spricht das mehr denn ihr /
Gott helf mir zu den Rechten.

Herr Tannhäuser / wie saget ihr mir /
Ihr sollet bei uns bleiben /
Ich geb euch meiner Gespielen ein /
Zu einem ehelichen Weibe.

Nehme ich dann ein ander Weib /
Als ich hab in meinem Sinne /
So muß ich in der Höllen Glut /
Da ewiglich verbrennen.

Du sagest mir viel von der Höllenglut /
Du hast es doch nicht befunden /
Gedenk an meinen roten Mund /
Der lacht zu allen Stunden.

Was hilft mich euer roter Mund /
Er ist mir gar unmehre /
Nun gib mir Urlaub / Frau Venus zart /
Durch aller Frauen Ehre.

Herr Tannhäuser / wollt ihr Urlaub han /
Ich will euch keinen geben /
Nun bleibet / edler Tannhäuser zart /
Und frischet euer Leben.

Mein Leben ist worden krank /
Ich kann nicht länger bleiben /
Gebt mir Urlaub / Fraue zart /
Von eurem stolzen Leibe.

Herr Tannhäuser / nicht sprecht also /
Ihr seid nicht wohl bei Sinnen /
Nun laßt uns in eine Kammer gehn /
Und spielen der heimlichen Minnen.

Euer Minne ist mir worden leid /
Ich hab in meinem Sinne /
O Venus / edle Jungfrau zart /
Ihr seid eine Teufelinne.

Tannhäuser / wie sprecht ihr also /
Verstehet ihr mich zu schelten?
Sollt ihr noch länger bei uns sein /
Des Wort müßt ihr entgelten.

Tannhäuser / wollt ihr Urlaub han /
Nehmt Urlaub von den Greisen /
Und wo ihr in dem Land umfahrt /
Mein Lob das sollt ihr preisen.

Der Tannhäuser zog wieder aus dem Berg /
In Jammer und in Reuen /
Ich will gen Rom in die Stadt /
All auf den Papst vertrauen.

Nun fahr ich fröhlich auf die Bahn /
Gott muß es immer walten /
Zu einem Papst / der heißt Urban /
Ob er mich wollt behalten.

Herr Papst / Geistlicher Vater mein /
Ich klag euch meine Sünde /
Die ich mein Tag begangen hab /
Als ich euch will verkünden.

Ich bin gewest ein ganzes Jahr /
Bei Venus / einer Frauen /
Nun will ich Beicht und Buß empfahn /
Ob ich möcht Gott anschauen.

Der Papst hat einen Stecken weiß /
Der ward vom dürren Zweig /
Wenn dieser Stecken Blätter trägt /
So sind dir deine Sünden verziehen.

Sollt ich leben nicht mehr denn ein Jahr /
Ein Jahr auf dieser Erden /

So wollt ich Reu und Buß empfahn /
Und Gottes Gnad erwerben.

Da zog er wieder aus der Stadt /
In Jammer und in Leiden /
Maria / Mutter / reine Magd /
Muß ich mich von dir scheiden.

So zieh ich wieder in den Berg /
Ewiglich und ohn Ende /
Zu Venus / meiner Frauen zart /
Wo mich Gott will senden.

Seid willkommen / Tannhäuser gut /
Ich habe euch lang entbohren /
Seid willkommen / mein liebster Herr /
Und Held / mein Auserkohren.

Darnach wohl auf den dritten Tag /
Der Stecken hub an zu grünen /
Da sandt man Boten in alle Land /
Wohin der Tannhäuser wäre kommen.

Da war er wieder in dem Berg /
Darinnen sollt er nun bleiben /
So lang bis an den Jüngsten Tag /
Wo ihn Gott will hinweisen.

Das soll nimmer kein Papst tun /
Dem Menschen Mißtrost geben /
Will er denn Buß und Reu empfahn /
Seine Sünde sei ihm vergeben.

Peter von Stauffenberg und die Nymphe

❡ Als Peter von Stauffenberg, ein berühmter Ritter, an einem Sonntag früh zur Kirche reiten wollte, setzte sich ihm eine schöne Nymphe an den Weg. Nun war dieselbe Nymphe eine Wasserfrau und verlobte sich mit dem Ritter, blieb auch bei ihm solange, bis er sich ein Eheweib nahm und sie für eine Teufelin hielt. Als er nun auf diese Weise das ihr gegebene Gelöbnis gebrochen, hat sie sich an seinem hochzeitlichen Ehrentag über der Tafel sehen und ihre bloßen Schenkel über dem Tisch erscheinen lassen. Daraufhin ist er alsbald in schwere Krankheit gefallen und, wie sie ihm zuvor geweissagt, am dritten Tag danach verschieden.

Hexe, die Dämonen beschwört. Aus: Olaus Magnus, Historia de gentibus septentrionalibus. Rom 1555

Der Teufel will heiraten

❨Zu einem ehrlichen Biedermann bei Rothenburg an der Tauber ist oftmals ein stattlicher Gesell mit zwei anderen, über alle Maßen köstlich bekleidet, gekommen und hat vorgegeben, seine Tochter freien zu wollen, sich auch seiner adligen Geburt und anderer Qualitäten gerühmt. Nachdem aber der Vater des Kindes an den Gästen leichtfertige Gebärden und nichts Gutes vermutet, hat er seinen Pfarrherrn bestellt und mit ihm in Gegenwart der Gäste von göttlichen und geistlichen Sachen zu reden begonnen, was den Gästen über alle Maßen übel gefallen, weshalb sie baten, daß weltliche Schwänke und schimpfliche Reden zu Gehör gebracht würden, worauf sie der Wirt unfreundlich hat angefahren und sie als Bösewichter sich packen geheißen. Daraufhin ist der Teufel mit seinen Gesellen ausgefahren und hat dreier erhenkter Toten Körper zurückgelassen.

Magdalena vom Kreuz – eine Teufelsbuhle

❨ Eine Äbtissin, genannt Magdalena vom Kreuz, gebürtig aus Córdoba in Spanien, geriet bei ihren Schwestern und Ordensfrauen in den Verdacht, eine Hexe zu sein. Als mann sie deswegen verklagte und sie befürchtete, ins Feuer zu kommen, gedachte sie der Beschwerlichkeit vorzubauen und beim Papst Ablaß zu erlangen. Sie bekannte nun, daß zu ihr, als sie zwölf Jahre alt war, ein böser Geist in Gestalt eines Mohren gekommen, der sie um ihre Ehre angestrengt, dem sie auch zu Willen gewesen und bei dem sie von der Zeit an, mehr als 30 Jahre lang, gelegen und des teuflischen Gelüsts gepflogen. Ihr Buhle hat sie auch der Treue genießen lassen und beinahe eine Heilige aus ihr gemacht. Denn wenn sie in der Kirche war, ward sie in die Höhe gehoben; und wenn die anderen Schwestern zur Kommunion gingen, so flog nach der Konsekration in ihrer aller Angesicht die Hostie zu ihr durch die Luft. Darum hielten sie ihre Ordensfrauen für heilig. Ja, selbst der Priester meinte nichts anderes, weil ihm damals eine Hostie gefehlt hatte. Auch tat sich bisweilen das Gemäuer auseinander, nur damit sie die Hostie sehen konnte. Sie hat trotz allem von Papst Paul III. Pardon erlangt, nachdem sie ihr Ärgernis, wie sie gesagt, bereut gehabt. Ich halte aber dafür, sie sei durch ihre Eltern, gleich vom Mutterleibe an, dem Satan übereignet gewesen, in Erwägung dessen, daß sie bekannt, daß ihr der Satan schon erschienen sei, als sie erst 6 Jahre alt gewesen, welches denn das Jahr ist, da man anfängt, zu Erkenntnis und Verstand zu kommen; und nachfolgend habe er sie um Buhlschaft angehalten, als sie zwölfjährig geworden, welches der jungen Mägdlein Alter ist, da sie mannbar werden.

Eine Nonne buhlt mit dem Teufel

¶ Bodinus erzählt auf Grund des Wierus, daß eine Klosterjungfrau oder Nonne von 14 Jahren, mit Namen Gertrud, im Kloster Nazareth im kölnischen Gebiet nicht nur mit dem Teufel Buhlschaft getrieben, sondern auch Buhlbriefe an ihn geschrieben habe; und dergleichen sind in genanntem Kloster im Jahr 1565 gefunden worden.

Hexe, die Frauen während der Messe zum Schwätzen verleitet. Aus: Geoffroy de Latour Landry, Ritter vom Turn, Basel 1493

Eine spanische Edelfrau verkehrt mit einem Buhlgeist

¶ Antonius von Torquemede berichtet in seinem »Blumengarten« von einer spanischen Edelfrau, welche bekannt, sie habe sich mit einem Geist fleischlich eingelassen und sei durch eine alte Wettermacherin dazu gebracht worden, als sie 18 Jahre alt gewesen. Aus diesem Grunde ist sie, und zwar ohne jede Reue und Buße, lebendig verbrannt worden. Die Edelfrau ist aus Lordena gewesen.

Hexen brauen ein Hagelunwetter. Detail aus der Titelseite von Ulrich Molitor, De lanijs phitonicis mulieribus. Köln 1489

Teufelsbuhlerische Priester

❨ Johannes Francicus Pictus, Prinz von der Miranda, der sich selbst, was sonstige Zauberei angeht, nicht gerade unverdächtig verhalten, schreibt, er habe einen zauberkundigen Priester gesehen, genannt Benedictus Been, seines Alters 80 Jahre, der ohne Scheu angegeben, er habe mehr als 40 Jahre mit einem Geist, der in der Gestalt eines Weibes und unerkannt von jedermann sein Gefährte gewesen, fleischlichen Umgang gehabt. Und er nannte diesen seinen geistlichen Leibwärter Hermione. Er bekannte auch, viel Kinderblut getrunken und viele andere abscheuliche Bübereien getrieben zu haben, daher er zuletzt gewürdigt worden, im Rauch seine Seele aufzugeben.

❨ Weiter schreibt er, es sei ihm ein anderer Priester begegnet, seines Alters 70 Jahre, der bekannt hat, daß er in ebenderselben Unsauberkeit mehr als 50 Jahre mit einem weibsgestaltigen bösen Geist befleckt gewesen sei. Und ihm sei deswegen gleichfalls mit Feuer das Gelüst gelegt worden.

Der Zauberer und sein Buhlgeist

❡ Bei Jakob Sprenger lesen wir, daß in Koblenz ein Zauberer gewohnt, der in Gegenwart seines Weibes und seines Gesellen Umgang mit seinem Succubus oder weiblichen Buhlgeist pflegte. Diese sahen ihn wohl in der Handlung sich üben, erblickten aber weder Stumpf noch Stiel von einem Weibe, obwohl er selbst ein sehr starker, vierschrötiger Mann war.

Teuflische Verführung eines Edelmannes

Im Jahre Christi 1602 verreiste ein französischer Edelmann seiner Geschäfte halber. Und als er schon weit von seiner Behausung war, kam er an ein Gehölz, aus welchem er eine schöne Jungfer herauskommen sah, die voller Betrübnis war und das Haar aufgelöst hatte. Dieselbe lief ihm entgegen, schrie schon von weitem und bat, er wolle sich doch ihrer erbarmen und ihre Ehre retten. Der Edelmann nahm sein Schwert bloß in die Hand, sagte ihr zu, ihr nach Vermögen zu helfen und fragte, was ihr Übles widerfahren. Ihre Antwort war diese: Sie wäre eines Edelmanns Tochter, dessen Schloß wäre eine Tagereise von hier. Sie hätte ihre Freunde besuchen wollen, und da wäre sie von den Straßenräubern beraubt und ihr Gefährt in Stücke zerhauen worden. Dieselben Räuber, sich mit der Beute nicht begnügend, hätten ihr noch dazu ihre Ehre wollen rauben. Aber weil sie sich gewehrt, wäre sie aus ihren Händen entronnen. Deswegen ergebe sie sich seiner Gunst und Huld, weil er ihr zu so gelegener Zeit begegnet. Überdies bitte sie ihn, er wolle sie durch das Gehölz begleiten. Dieses bewilligte ihr der Edelmann, setzte sie hinter sich aufs Pferd und ritt ohne irgendeine Verhinderung durchs Gehölz. Als sie an ein Dorf nahe bei dem Gehölz kamen, wollte er sie herunterlassen. Aber sie bat ihn weiter, er wolle doch seine Gunst gegen sie fortsetzen und sie mitnehmen bis in die nächste Stadt, wo er einkehren wolle. Und er willigte ein. Als sie daselbst eingekehrt waren, tat die Jungfer nichts als zittern und beben und wollte weder essen noch trinken, bis daß der Edelmann sie lange dazu genötigt, indem er nebst dem Wirt ihr vor Augen hielt, daß sie nicht mehr im Gehölz, sondern in einem sehr sicheren Ort wäre. Er ermahnte sie, sich zufrieden zu geben, mit der Versicherung, sie solle kommenden Tages von zuverlässigen Leuten in die Behausung desjenigen, für dessen Tochter sie sich ausgebe, begleitet werden. Als die Stunde, sich schlafen zu legen, gekommen, wollte sie nichts davon hören. Als sie aber genötigt wurde, sich zur Ruhe zu begeben, gab sie zur Antwort, sie wage es nicht, es wäre denn eben in der Kammer, in der ihr Beschützer und Führer schlafen täte. Als der Edelmann dies vernommen, verwunderte er sich höchlich über ihre unbesonnene Willensbekundung, verwies es ihr und sagte, sie hätte ihn ersucht und gebeten, ihre Ehre zu retten; so sie nun wolle eine ganze Nacht in einer Kammer bei einer unbekannten Mannsperson sich zur Ruhe niederlassen, so würde sie damit, wenn nicht ihre Keuschheit, jedoch wenigstens ihre Ehre und Reputation aufs Spiel setzen. Sie blieb aber bei ihrer Meinung und antwortete, sie wäre der Redlichkeit und Frömmigkeit dieses tapferen Edelmanns dermaßen versichert durch die Erfahrung, die sie daher hätte, daß sie mit ihm wäre in allen Ehren durch das Gehölz gereist, daß sie sich nicht bekümmere um all dasjenige, was man etwa könne reden, sondern sie ließe sich an der Rekommendation der Wahrheit in ihrem Gewissen genügen. Der Wirt und die Wirtin, als sie sahen, daß sie so überaus bewegt redete mit stetigem Schlucken, Zittern, Veränderung der Gestalt und Farbe, besorgten, es könnte sie ein böser Schlag treffen, wenn sie fern von dem wäre, der sie hatte davor bewahrt, den Räubern wieder in die Hände zu fallen. Deswegen ermahnten sie den Edelmann, er möge unbeschwert diese arme Tochter, die des Mitleids würdig, zu sich in die Kammer in ein anderes Bett nehmen; sie wären vergewissert, er als ein ehrlicher Edelmann würde sehr unwillig werden, wenn ihm auch nur träumen sollte, er täte die Jungfrauschaft eines armen Fräuleins beflecken, die er doch selbst vor solcher Gefahr beschützt hätte. Der Edelmann, der mehr als ein anderer zur Barmherzigkeit bewegt wurde, willigte ein in das, was die Jungfrau und die Wirtsleute begehrten und dachte nicht daran, daß er dieser Jungfrau jemand von den Weibspersonen hätte können beigeben lassen oder daß er diese Nacht nebst dem Wirt und seinen Knechten in der Kammer hätte zubringen können, um Obacht auf sie zu geben, weil sie gar so kläglich und erbärmlich tat, als wollte sie verzagen, und sich immerdar veränderte. Es wurden also zwei getrennte Betten zugerichtet, und der gute Junker, der sich übel vorgesehen, legte sich in das Bett, das man ihm zubereitet; die Jungfrau aber, etwa eine halbe Stunde danach, begab sich zu dem andern Bett, stellte sich, als vermeinte sie, daß der Edelmann schliefe, fing an sich zu entblößen und an verschiedenen Orten zu betrachten. Der gute Junker ward verwundet von schändlicher Lust, welche entzündet ward durch das ungebührliche Anschauen dieser Person, welche ihm viel schöner vorkam, als ihm jemals vor Augen gekommen. Er ließ sich durch die schändliche Begierde seines Herzens, welches von den gefährlichen Anreizen des allerlistigsten Feindes gezogen ward, einnehmen, setzte beiseite die Ehre Gottes, vergaß seiner Seele Seligkeit, stand auf von seinem Bette, ging hin zu dem Fräulein, um bei ihr zu schlafen, welche ihn auf- und annahm, und blieben die Nacht über beisammen. Als der Morgen gekommen, ging der elende Mensch wieder in sein Bett und schlief daselbst ein. Die Jungfrau stand auf und ging weg, ohne Begrüßung des Edelmanns, des Wirts

Die päpstliche Hierarchie als Maische in des Teufels Weinberg. Aus einem deutschen antipäpstlichen Flugblatt. Spätes 16. Jahrhundert

und der Wirtin. Der Junker, nachdem er aufgestanden, fragte nach ihr; sie war aber nirgends zu finden. Er wartete bis zum Mittag. Da er aber nichts von ihr erfahren konnte, stieg er zu Pferd und ritt seines Wegs fort. Er war kaum eine halbe Meile von der Stadt weg, da ward er gewahr am Ende eines Blachfeldes eines Reiters in voller Rüstung, welcher auf ihn losritt in vollem Sporenstreich und ein Gewehr in der Hand hatte. Der Edelmann, der ein guter Soldat war, wartete seiner unverwandten Fußes und hielt den Anlauf dieses verdeckten Reiters beherzt auf, welcher sich dann ein wenig auf die Seite begab und das Visier vom Gesicht wegzog. Da erkannte der unglückselige Edelmann das Angesicht des Fräuleins, bei welcher er vorige Nacht gelegen, die ihm dann deutlich machte, er hätte es mit einem Teufel zu tun gehabt, sein Widerstand wäre vergeblich; und er konnte es nicht in Abrede stellen. Als der elende Mensch sah, daß aus einem leiblichen ein geistlicher Kampf geworden, nahm er in dieser Not seine Zuflucht zu den rechten Waffen und rief Gott um Hilfe und Beistand an, welcher sich dann seiner erbarmte und nicht zuließ, daß der Satan ihn ferner versuchte, sondern dieser verschwand alsbald. Da wendete der Edelmann seinen Zügel und nahm seinen Weg wieder nach Haus. Als er daselbst angekommen, ganz bestürzt und betrübt, wie man sich kann denken, legte er sich zu Bette, bekannte Gott in Gegenwart vornehmer Personen dieses alles, was ihm war wiederfahren und dessen Inhalt hier vorgelegt ist. Etliche Tage darauf, nach erfolgtem vielfältigen Unterricht und Trost, der ihn aus dem Abgrund der Verzweiflung herauszog, starb er in der Hoffnung auf die unendliche Barmherzigkeit Gottes des Vaters, durch die Liebe seines Sohnes, in gnädiger Kraft des Heiligen Geistes.

Der indianische Buhlgott

¶ Wir lesen in den »Historien von den Okzidentalischen Inseln«, daß die dortigen Völker es für ganz gewiß halten, ihr Gott Concoro schlafe bei ihren Weibern; denn die Götter in diesem Land sind nichts anderes als Teufel.

Die Elben

❨ Die Hexen können aus ihrer verfluchten Vereinigung mit den bösen Geistern keine richtigen Kinder zuwegebringen, sondern nur Geburten, den Würmern oder Raupen gleich, welche man Elben oder böse Dinger nennt, mit welchen die Unholde hernach den Menschen Schaden zufügen, indem sie diese den Leuten in die Beine, Arme und anderen Gliedmaßen des Leibs hineinzaubern. Solches kann man hin und wieder in den Urteilen des Schöffenstuhles zu Leipzig, die von Benedict Carpzovius in seiner »Praxis criminalis« zusammengetragen worden sind, nachlesen, wo auch die folgenden Aussagen von Hexen zu finden sind.

❨ Sentent. XXI: Nachdem sie mit ihrem Buhlen zu schaffen gehabt, habe sie weiße Elben, und zwar jedesmal zehn, bekommen, die gelebt, spitze Schnäbel und schwarze Köpfe gehabt und wie die jungen Raupen umhergekrochen seien. Diese habe sie zum Zaubern gebraucht; und ihr Buhle habe ihr auch, noch ehe sie mit ihm gebuhlt, etliche gebracht.

❨ Sent. XXIII: Es sei ein Mann mit grauem Bart und blau gekleidet gekommen, der habe keine Füße, sondern nur Hundsklauen gehabt und viele Federbüsche getragen. Sein Ding sei eiskalt, aber nicht besonders groß gewesen. Nach verrichtetem Werk habe sie alle viertel Jahr ein paar Elben geboren, welche einen Finger lang gewesen und ganz buntstreifig ausgesehen wie die Raupen.

❨ Sent. XXIV: Sie habe mit ihrem Buhlen böse Dinger oder Elben gezeugt, die sie in ein Töpflein gesetzt und ihnen Brot zu essen gegeben, teils auch ins Wasser geworfen. Wenn sie aber diese einem Menschen angezaubert oder abgetrieben, habe sie gesagt: Hin in aller Hundert Teufel Namen!

¶ Sent. XXVI: Es habe der Teufel Bärenklauen am linken Bein und einen großen hofmännischen Rock, auch Federn auf dem Haupt gehabt. Seine Natur und alles an ihm sei gar kalt gewesen. Nach der Vermischung mit ihm seien die Elben von ihr gekommen, die wie schwarze und graue Fliegen ausgesehen.

¶ Sent. XXIX: Wenn er sich mit ihr vermischt, sei es nicht anders gewesen, als ob er ein kaltes Hörnchen dazu gebraucht. Sie habe zwei Kinder mit ihm gezeugt, die wie der böse Voland gestaltet gewesen. Es sei aber kein Leben noch eine menschliche Gestalt an ihnen zu spüren gewesen, weswegen sie dieselben ins Wasser geworfen.

¶ Sent. XXXI: Es sei, wenn sie sich mit ihm vermischt, das Tun gar kalt gewesen.

¶ Sent. XXXIV: Es habe ihr zwar gedünkt, als ob ihr Mann bei ihr gelegen und mit ihr zu tun gehabt, jedoch sei ihr Buhle ganz kalt gewesen.

¶ Sent. XXXV: Seine Scham oder sein Glied sei hart und kalt gewesen. Und sie habe von ihm nach vier Wochen fünf böse Dinger geboren, die seien wie weiße Würmer gewesen und hätten schwarze Köpfe gehabt. Und diese habe sie der Hirtischen Margarethe in das linke Bein gezaubert durch nachfolgenden Spruch: Im Tume steht die Rosenblume, sie ist weder braun noch fahl, so müssen die Huffdinger zerstäuben und zerfahren und kommen der Hirtischen Margarethen in des Teufels Namen an.

¶ Die Wechselkinder und dergleichen Geburt betrachten den Satan nicht als ihren natürlichen Vater, so als wären sie aus seinem Beischlaf mit den Hexen gezeugt, sondern nur als ihren Urheber, welcher der Hexen Leib aufschwellend macht, aus dem Samen und mütterlichen Geblüt einen Leib macht, bildet und formiert, den er dann, wenn geboren, selber bewegt, aus ihm redet, heult, die Brüste säugt, frißt und säuft wie der größte Bauer. Da ist keine vernünftige Seele noch derselben Wirkung.

Die Wechselbälge

❨ Hildebrand schreibt in seiner »Theurgia«: Es begibt sich oft, daß der Incubus die Unholde schwanger macht und durch sie Kinder gebärt. Solches Kind legt der Incubus oft anderen Leuten in die Wiege für ihr Kind, welches er stiehlt und hinwegträgt. Daher werden diese Kinder Campsiones oder Wechselkinder genannt, diese Kinder sind ungestalt, haben große Bäuche, kleine Glieder, große Köpfe; Teufelsgliedmaßen haben sie, und fünf Frauen sind nicht genug, eines zu säugen und zu nähren. Ja, auch Jungfrauen, die nie einen Mann erkannt haben, betrügt oft der Teufel Incubus und macht sie schwanger.

Eine Edelfrau gebiert einen Teufel

Es ist im 1575. Jahr geschehen, daß ein Deutscher von Adel aus Zorn zu seinem Weib gesagt, sie werde einen Teufel gebären. Da brachte sie ein scheußliches Meerwunder, schrecklich anzusehen, zur Welt. Dabei ist freilich nicht ohne Belang, daß dieser Edelmann stets für einen großen Zauberer gehalten worden ist.

Eine Bauersfrau, die nach dem Urteil des Ketzergerichts von bösen Geistern besessen ist, wird gehängt. Florenz 1520

Der teuflische Ursprung der Hunnen und anderer Völker und Personen

¶ Nachdem in alten Zeiten unter den Goten etliche Hexen und Zauberer gefunden worden, haben sie solche Weiber von sich gestoßen in die Wüsten und Wildnisse, die bei dem Meotischen Meer gelegen. Und als sie die unreinen Geister, die in der Wüste als wilde Leute ihr Leben führen und weder rechte Menschen noch rechte Teufel sind und die man Faunen oder Ficarien nennt, sahen, haben sie der Weiber in Unkeuschheit begehrt, und so ist das teuflische Volk der Hunnen von ihnen gezeugt und geboren worden.

¶ Im übrigen ist hier anzumerken, daß von den Gespenstern oder Teufeln sollen gezeugt und geboren sein der oder die:

¶ Prophet Merlinus;

¶ Leute um Lissabon. (Davon sagt Damianus de Goes, daß um die Stadt herum noch jetzt Leute wohnen sollen, welche auf dem Leib Schuppen haben und vorgeben, daß sie von den Tritonibus oder Meergöttern herkommen.); unbenannte Knabe, den der Autor der »Wundersamen Historien von Gespenstern« erwähnt;

¶ klevische Herzog;

¶ barbarischen Hunnen (Cael. Aug. Curio schreibt, daß die Hunnen so sehr der Zauberei zugetan gewesen, daß man dafür gehalten, sie seien von den Feldteufeln gezeugt.);

¶ aquilonarischen oder nordischen Könige (Ol. M. und Saxo berichtet, daß sie von einem Bären abstammen, welches ohne Zweifel ein Teufel gewesen sein mag.);

¶ Sohn Rüders;

¶ Grafen von Pavenberg.

¶ Was den oben erwähnten Merlinus angeht, so soll dieser um das Jahr 440 nach Christi Geburt in England von einer eingeschlossenen Klosterjungfrau und einem Incubus ohne Zutun eines Mannes gezeugt worden sein.

Höllenstrafen für die sieben Todsünden: Die Jähzornigen werden lebendig zerstückelt. Aus: Le grand Kalendrier et compost des Bergiers. Troyes 1496

V. Von der Verwandlung in Tiere

Der Dämon des Merlan der alchemistischen Philosophen. Aus: Giovanni Battista Nazari, Della transmutatione metallica. Brescia 1589

Verwandlung von Menschen in Wölfe

❡ Petrus Mamorius schreibt in einem kleinen Traktat, den er über die Zauberer verfaßt, daß er, als er in Savoyen gewesen, die Verwandlung der Menschen in Wölfe gesehen habe. Und Heinrich von Köln hält im »Tractat de Lamiis« solche Verwölfung für ganz unzweifelhaft und gewiß. D. Ulrich Müller beschreibt in einem kleinen Büchlein, welches er dem Kaiser Sigismund widmet, die Disputation, die über diese Materie vor erwähntem Kaiser ward gehalten und berichtet, daß durch stattliche Argumente und vielfältige Nachforschung sei beschlossen worden, daß die Wolfsverwandlung wirklich geschehe. Und er setzt hinzu, er habe selbst in Konstanz einen Lycanthropus oder Wolfsmenschen gesehen, der sei verklagt, überführt, verdammt und nachfolgend auf sein Geständnis hin zum Tode exequiert worden.

❡ Ja, alle anderen Völker stimmen in dieser Meinung überein, denn die Deutschen nennen sie Werwolf, die Franzosen Loups garous, die Pikardier Loups Warous, d.h. soviel wie Lupi varii oder wandelbare Wölfe, die Griechen Lykanthrópos, die Lateiner Varios und Versipelles, letzteres insbesondere Plinius, der, als er dieser Verwandlung der Menschen in Wölfe gedacht, das Augenmerk darauf gerichtet hat, daß sie den Pelz oder die Haut umkehren können.

Die baltischen Werwölfe

Raue schreibt: Ich habe es für gut angesehen, hier zu beweisen, wie sich die Menschen in Wölfe verwandeln, welches Plinius vermessentlich für eine Lüge und Fabel hält. Nun werden solche Leute noch heute bei Tag in großer Menge gefunden in den Ländern, die im Norden liegen. In Preußen, Livland und Litauen tun die Wölfe das ganze Jahr über großen Schaden, denn sie reißen und fressen viel Vieh, wenn es nur ein wenig hinter der Herde geht. Aber das Vieh hielte das noch für einen geringen Schaden, wenn es nur nicht größeren erleiden müßte von den Menschen selber, die sich in Wölfe verwandeln. Denn es versammelt sich allewege eine große Schar der Menschen, die zu Wölfen werden in der heiligen Christnacht, welche dieselbe Nacht grausam wüten, nicht allein wider das Vieh, sondern auch wider das menschliche Geschlecht selbst, so daß die Einwohner desselben Landes viel verderblicheren Schaden empfangen von den verwandelten Menschen als von den Wölfen selbst. Denn die Erfahrung gibt Zeugnis, daß sie stürmen der Menschen Häuser und Wohnungen in den Wäldern in grausamer Gestalt; unterstehen sich Tür und Tor einzustoßen, um Vieh und Leute zu erwürgen; laufen in die Bierkeller, saufen ganze Fässer mit Bier und Met aus, wonach sie die leeren Fässer mitten im Keller aufeinanderlegen, um sich von den echten Wölfen unterscheiden zu lassen. Das Volk hält den Ort für tödlich, wo sie über Nacht ruhen, denn sie halten für gewiß, daß, wenn daselbst einem etwas Widerwärtiges zustößt, etwa wenn einer den Schlitten umwirft und er in den Schnee fällt, er desselbigen Jahres sterbe, welches sie über viel Zeit hinweg durch Erfahrung sind innegeworden. Zwischen Litauen, Samogetia und Kurland steht eine Mauer oder Wand von einem verfallenem Kastell, woselbst alle Jahr etliche tausend Wölfe zusammenkommen. Und es versucht ein jeder, wie geschwind er springen kann. Welcher nun über diese Mauer nicht springen kann (was gemeinhin den Feisten widerfährt), der wird von den Vorgängern mit Geißeln geschlagen. Man sagt auch als eine Wahrheit, daß unter diesem Haufen die größten Herrn vom Adel des Landes gefunden werden. Wie sie aber zu solcher Unsinnigkeit und schrecklichen Verwandlung, bei der sie allewege zu seiner Zeit sich müssen finden lassen, gelangen, wird in folgendem aufgezeigt.

¶ Plinius, der vornehmste Schreiber unter allen denen, die jemals über natürliche Historien geschrieben, führt an, wie Evantes, ein trefflicher Skribent der Griechen, vorgibt, daß die Arkadier schreiben, daß aus dem Geschlecht eines Antei einer, mittels Los bestimmt, zu einem See desselbigen Landes geführt würde, der seine Kleider an einen Eichbaum hänge, über den See schwimme, in die Wüste gehe, in einen Wolf verwandelt werde und daselbst mit anderen dergleichen Wölfen neun ganze Jahre lang wohne. Nach verstrichener Zeit, in der er der Menschen vergessen, käme er wiederum zu dem See, und sobald er hinübergeschwommen, empfange er wiederum seine alte Gestalt, mit zugefügtem Alter der neun Jahre.

¶ Wiewohl solches Plinius Fabelwerk zu sein dünkt, so will ich doch mit etlichen Exempeln erklären und dartun, daß solches noch heutigen Tages geschieht an oben genannten Orten, damit die Meinung Evantes, Agrippas und anderer Skribenten sich als wahr bestätigt. Wenn einen der Vorwitz sticht, daß er begehrt, außerhalb der göttlichen Lehre neue Dinge zu erkunden, und in die Versammlung solcher vermaledeiten Menschen (die sich zu Wölfen machen, wann sie wollen) aufgenommen werden will, auf daß er zu bestimmten Orten und Terminen im Jahr dazukäme, Vieh und Leuten Schaden, ja selbst den Tod anzuhängen, so mag er mittels eines in solcher Zauberei Erfahrenen die Gewalt, sich zu verwandeln wider die Natur, erlangen, indem ihm ein Becher Bier gereicht wird, welchen er austrinken und etliche teuflische Worte dazu sprechen muß. Danach, wenn es ihm gut dünkt, geht er in den Keller oder in den Wald und verkehrt die menschliche Gestalt in einen Wolf, welche Wolfsgestalt er hernach, wenn es ihm gefällt, wiederum verläßt und in die alte Menschenhaut schlüpft, wie aus folgenden Exempeln zu entnehmen.

ℭ Es hat sich begeben, daß ein Edelmann durch einen tiefen Wald zu reisen hatte und etliche Bauern, die auch Zauberer waren (wie es denn an selbigen Orten derer viele gibt), mit sich führte. Als nun der Abend kam und sie in dem Wald über Nacht bleiben mußten, da in der Nähe keine Herberge vorhanden war, begannen sie auch zu hungern und hatten nichts zu essen. In dieser Lage schlägt einer von denen unversehens einen Rat vor: die andern sollen still sein und keinen Tumult oder Geschrei anfangen, wenn sie etwas sähen; er sähe dort von ferne eine Herde Schafe auf der Weide gehen und wolle sehen, daß er eines von ihnen herbeischaffen und sie ein Gebratenes zum Abendessen haben können. Er säumte sich nicht lang, ging augenblicks in das dicke Gehölz hinein, wo ihn kein Mensch sehen konnte, verwandelte sich in einen Wolf, lief ungestüm unter die Schafe, riß eines von ihnen hinweg und schleifte es in das Gehölz, brachte auch endlich in Wolfsgestalt das Schaf bis zu den Wagen. Seine Gesellen verstanden wohl, wie es zuging, nahmen das Schaf mit Dank an und verbargen es heimlich auf dem Wagen. Der Wolf nun lief in das Gehölz hinein, nahm seine Gestalt wieder an und kam als Mensch wieder zu seinen Gesellen.

℄ Dergleichen hat sich auch in Livland begeben, daß eines Edelmannes Weib mit ihrem Knecht darüber stritt, ob es möglich sei, daß ein Mensch zu einem Wolf werden könne. Nach langem Streiten stößt er hervor, er wolle solches sofort beweisen, sofern ihm Gelegenheit gegeben werde, geht allein in einen Keller, kommt nach einer Weile wiederum heraus in eines Wolfes Gestalt. Er wurde aber von Hunden gesehen, angefallen und über das Feld dem Gehölz zugejagt; und wie fest er sich auch den Hunden gegenüber wehrte, so wurde ihm dennoch ein Auge ausgebissen; des anderen Tages kam er wieder zu seiner Herrin, einäugig.

℄ Nicht ohne triftigen Grund hat daher der obengenannte Evantes davon geredet, daß die Menschen zum Wolf werden und wieder ihre alte Gestalt erlangen. Auch das ist gewiß: wenn ein Mensch, in einen Wolf verwandelt, in Wolfsgestalt ein Glied verliert, so fehlt ihm dasselbe, sobald er wieder zu sich selbst kommt. Wird aber ein solcher Wolf von Hunden oder Jägern umgebracht, so wird derselbige Mensch nimmermehr gesehen.

℄ Zum Beschluß: Es ist noch in frischer Erinnerung, daß auch der Herzog von Preußen solcher Zauberei einen gewissen Glauben geschenkt und um die Wahrheit zu erfahren, einen solchen Gesellen in das Gefängnis geworfen und auch gezwungen, sich in einen Wolf zu verwandeln, welches er auch getan. Damit aber solche Abgötterei gestraft würde, hat ihn der Herzog verbrennen lassen, woran er recht tat.

Eine in einen Werwolf verwandelte Hexe greift Reisende an. Holzschnitt von Hans Weiditz. Aus: Dr. Johann Geiler von Kaiserberg, Die Emeis. Gedruckt von Johann Grüninger, Straßburg 1517

Die livländischen Werwölfe

❨Peucerus schreibt: Es ist mir allezeit sehr lächerlich und fabelhaft vorgekommen, was ich habe erzählen hören von der Verwandlung von Menschen in Wölfe. Aber daß es nicht unbedingt falsch und erdichtet sei, habe ich gelernt von bestimmten glaubwürdigen Leuten, denen man wohl trauen darf. Diese haben aus den Bekenntnissen derjenigen, die wegen solcher Taten und Bubenstücke sind ergriffen und peinlich examiniert und befragt worden, erkannt, daß sich solches alle Jahre die nächsten zwölf Tage nach dem Geburtstage des Herrn Christi in Livland und den angrenzenden Ländern begeben soll. Es soll aber so zugehen: Wenn der Christtag verflossen, so geht ein Junge, welcher mit dem einen Bein hinkt, herum, ruft solche dem Teufel ergebene Leute, derer eine große Anzahl ist, zusammen und heißt dieselben ihm nachfolgen. Wenn nun welche darunter sind, die da zaudern und säumig sind, so ist ein anderer, großer, langer Mann da, mit einer aus eisernem Draht und Kettlein geflochtenen Peitsche, der haut auf sie ein und treibt sie mit Zwang an, so daß sie fortgehen müssen. Er soll so grausam auf die Leute einpeitschen, daß man noch lange Zeit danach die Flecken und Narben auf ihren Leibern sehen kann, die ihnen auch große Schmerzen machen und verursachen. Sobald sie nun anfangen, ihm zu folgen, gewinnt es das Ansehen, als ob sie ihre vorige Gestalt ablegten und in Wölfe verwandelt würden. Da kommen dann ihrer etliche Tausend zusammen, ihr Führer geht vor ihnen her mit einer eisernen Geißel, dem folgt der ganze Haufe nach. Wenn sie nun aufs Feld geführt sind, fallen sie das Vieh grausam an, und alles, was sie nur ergreifen können, das zerreißen sie und tun großen Schaden. Aber die Menschen selber zu verletzen, ist ihnen nicht vergönnt noch gestattet. Kommen sie an das Wasser, so schlägt ihr Führer mit seiner Rute oder Geißel ins Wasser und teilt es auseinander, so daß sie trockenen Fußes hinübergehen können. Nach Verfluß der zwölf Tage aber bekommen sie wieder ihre vorige Gestalt und werden wieder zu Menschen.

Ein preußischer Werwolf

❨ Es ist in Preußen die allgemeine Sage, daß allda Leute zu finden sein sollen, welche sich in Wölfe verwandeln. So hat man neulich einen derselben gefangen, und Bauern haben ihn dem preußischen Herzog zugeführt und beschuldigt, er habe ihnen ihr Vieh zerrissen und aufgefressen. Es war dies aber ein sehr häßlicher, garstiger Mensch, einem wilden Tier nicht sehr unähnlich, und hatte gar viele Narben im Gesicht von den Wunden, die ihm die Hunde sollen gebissen haben, wenn er in einen Wolf verwandelt gewesen. Als er aber von denen, welchen es der Fürst anbefohlen, um diese Sache ist gefragt worden, hat er zur Antwort gegeben, daß er jährlich zweimal so verwandelt wurde, einmal um Weihnachten, das andere Mal um Johannis Tag; und zu den Zeiten habe er eine sehr wilde Natur bekommen, die ihn gezwungen und getrieben, sich zu den Wölfen im Wald zu gesellen. Er habe auch unsäglich großen Schmerz ausstehen müssen, wovon er ganz ermattet und von Kräften gekommen, ehe die Haare hervorgewachsen und die menschliche Gestalt völlig verwandelt worden. Und diesen seinen Reden hat man Glauben gegeben. Aber als man, um die Wahrheit zu erfahren, ihn auf dem herzoglichen Schloß lange Zeit gefangengehalten, von den Wärtern wohlverwahrt und in Acht genommen, hat er sich niemals verwandelt, sondern immer seine menschliche Gestalt behalten.

Der Wolfsmensch von Padua

❨Jacob Fincelius berichtet im 11. Buch »Von Wunderzeichen«, daß in Padua ein Menschwolf oder Wolfmensch gewesen, welcher, nachdem man ihn ergriffen und ihm die Wolfsklauen abgehauen, auf der Stelle an Händen und Füßen sei verstümmelt gewesen.

Der Werwolf Grilles Garnier von Leon

❨Ein Zauberer, genannt Grilles Garnier von Leon, dessen Urteil in Frankreich das Parlament von Dole am 18. Jan. 1574 gesprochen, hat bekannt, daß er an St. Michaels Tag, als er in einen Wolf verwandelt gewesen, ein junges Mädchen von zehn oder zwölf Jahren bei dem Wäldchen von der Seere in einem Weingarten bei dem Kepberg von Chasteney, eine viertel Meile Wegs von Dole, abgefangen und daselbst getötet oder ermordet, beides mit seinen Händen, die Wolfsklauen zu sein schienen, und auch mit den Zähnen, und das Fleisch von dem Hintern und den Armen gegessen und seinem Weibe auch davon gebracht habe.

Marterung und Hinrichtung eines Bauern aus Bedburg bei Köln, der ein Werwolf gewesen sein soll. Mit ihm werden zwei Hexen eingeäschert (Flugblatt, Nürnberg 1589)

Drei Zauberinnen verwandeln sich in Katzen

❡Die fünf Ketzermeister, die in Sachen Hexen sehr erfahren gewesen, haben in Schriften hinterlassen, daß bei Straßburg drei Zauberinnen gewesen, welche einen Bauersmann in Gestalt dreier Katzen angefallen haben. Als er sich ihrer weidlich gewehrt, sie verwundet und sie dadurch vertrieben gehabt, sind die Hexen auf der Stelle in Gestalt verwundeter Weiber zu Bette gelegen. Und als sie nun solcher Verletzung wegen zur Rede gestellt worden, haben sie denjenigen, der sie geschlagen, verklagt. Derselbe hat den Richtern die Stunde und den Ort, da er von den Katzen angefallen worden, sattsam berichtet und ihnen rundheraus bekannt, daß er sie zur Rettung seines Lebens beschädigt habe.

Witches' brew. Aus: Abraham Saur's: Ein kurtze Treue Warning. Frankfurt 1582

Hexen versammeln sich in Gestalt von Katzen

Anno 1561 hat man in Verona ein Urteil über Hexen gesprochen, welche sich gemeinhin in einem alten Schloß in Gestalt vieler Katzen zu versammeln pflegten. Einmal entschlossen sich vier oder fünf Männer, über Nacht dort im Schloß zu verharren. Aber ihr Vorwitz kam ihnen sauer an, denn sie wurden dermaßen von einem Haufen Katzen überfallen, daß einer der Männer umgebracht ward, die anderen aber häßlich gezeichnet wurden. Gleichwohl verwundeten sie viele Katzen, welche, nachdem sie wiederum zu Weibern geworden, sich gröblich verwundet fanden. Aber weil derartiges unmöglich schien, ließ man die Angelegenheit ungerechtfertigt liegen.

Die tanzenden und singenden Katzen

¶ Als einstmals ein Bauernknecht am Gehege der Pferde gewacht und in einer Hütte ein kleines Feuer gehabt, ist zu ihm eine Katze gekommen, zu der er gesprochen: Kätzlein, komme her zu mir und wärme dich! Da ist eilends ein Haufen Katzen zusammengekommen. Und die erste hob an und tat einen Vortanz, und die anderen sind ihr gefolgt und haben beim Tanzen gesungen: Katzentier, komm her zu mir, sprach der gute Johann von Bremen zu mir (denn das war des Knechts Namen), und wärme dich. Der Knecht war zunächst erschrocken, da er aus einer Katzengestalt eine Menschenstimme hörte; als er aber Mut gefaßt, hat er mit seiner Geißel um sich gehauen und die Katzen zerstört.

Verwandlung in ein Pferd

¶ St. Augustin erzählt im 18. Buch »Von der Stadt Gottes«, daß der Vater des Prästantius oft sei verzückt gewesen. Und wenn sein Geist wiederum zu ihm gekommen, habe er vorgegeben, in ein Pferd verwandelt gewesen zu sein und mit anderen Rossen Proviant ins Lager geführt und getragen zu haben. Nichtsdestoweniger aber sei sein Leib die ganze Zeit über gleichsam wie tot daheim gelegen.

Der philosophische Esel

¶ Es wird erzählt, daß, wenn der vornehme Philosoph Ammonius seine Lectiones ordinarias gehalten, ein Esel dieselben besucht habe, welcher gehalten worden ist für einen Menschen, der in einen Esel sei verwandelt worden.

Die öffentliche Hinrichtung der drei Chelmsford Hexen Joan Prentice, Joan Cony und Joan Upney. Aus einer Englischen Schmähschrift, 1589

VI. Von anderen wundersamen Begebenheiten

Der Teufel trägt zu Wolfsberg in Kärnten eine Hexe durch die Luft davon. Flugblatt 1517

Der Schwanenritter

❡ Im Bistum Köln ist ein weitberühmter trefflicher Palast über dem Ufer des Rheins gebaut, Juvamen genannt. Als in ihm vor Zeiten viele große Fürsten und Herren beieinander waren, ist unversehens ein Schifflein dahergefahren, welches ein Schwan mit einem silbernen Kettlein an dem Hals nach sich zog. Aus dem Schifflein ist ein allen unbekannter Kriegsmann auf das Land gesprungen, und der Schwan mit dem Schifflein ist hinweggefahren. Dieser Kriegsmann hat nachfolgend ein Weib genommen und Kinder mit ihr gezeugt. Als er aber lange danach wiederum in demselben Palast war und den Schwan mit dem Schifflein sah daherfahren, ist er ohne allen Verzug hineingesprungen und seitdem nimmer gesehen worden. Seine Nachkommen aber sind noch heutigentags vorhanden. Und diese Historie ist auf dem Schloß zu Cleve, wo ein hoher Turm, der Schwanenturm genannt, ist, aufgemalt.

Der geheimnisvolle Begleiter des Xanthius

❨ Als zwischen den Athenern und Boeotiern ein Streit und Widerwille entstand wegen der Landschaft Celaenarum und Xanthius, ein tapferer, starker Held aus Boeotien, den Thymetem, der Athener König, zu einem Duell und Kampf aufforderte und einer mit Namen Melanthus aus Messene sich erboten, an jenes Statt sich mit dem Xanthius zu schlagen, sagt man, es habe Melanthus gedünkt, daß ein Mann, in ein schwarzes Ziegenfell gekleidet, hinter dem Xanthius hergehe. Und er hat daraufhin demselben vorgeworfen, er sei entgegen der getroffenen Vereinbarung zu zweit auf den Kampfplatz gekommen. Wie nun der Xanthius sich hat umsehen wollen und seinen Leib dem Feind bloß zugewandt, hat der Melanthus diese Gelegenheit genutzt und ihn unversehens durchstochen. Und zum Gedächtnis dessen haben die Athener ein großes, herrliches Fest, alle Jahre zu begehen, gestiftet, welches vier ganze Tage währt, und haben es Apaturia genannt.

Der böse Blick

¶ In Nordafrika und Italien hat es besondere Geschlechter gegeben, welche die Leute töten konnten, wenn sie dieselben nur ansahen und lobten. Dieses wird bezeugt von Solinus, Memphodorus, Plinius, Gellius und Isigonus.

Der dreigesichtige Luzifer verschlingt Judas und zwei andere Opfer. Aus: Opere del poeta Danthe. Gedruckt von Bernardino Stagnino, Venedig 1512

Der redende Säugling

¶In Wustviel bei Egloffstein, im Gebirge, anderthalb Meilen Wegs von Gräfenberg gelegen, soll im Jahr Christi 1558 ein Kind, welches nur 5 Wochen alt gewesen, um Mitternacht folgende Worte klar und deutlich geredet haben: Ei, ei, ei, wo sollen wir hin? wo sollen wir hin? Und soll diese Worte drei Nächte nacheinander, stets um Mitternacht, geredet und der Hahn jedesmal danach zu krähen angefangen haben. Was damit angedeutet und angezeigt worden, hat sich hernach wohl herausgestellt, als viele rechtschaffene und beständige Lehrer und Prediger in Thüringen, welche als die rechten, wackeren Hähne ihren Hals getrost aufgetan, der verführerischen Declaration Victorini widersprochen und dieselbe nicht haben unterschreiben wollen, ihrer Ämter und Dienste entsetzt und mit Weib und Kind ins Elend verstoßen worden sind und nicht gewußt haben, wo sie hin oder bleiben sollten.

Die Vision des Königs Antiochus

¶ Man sagt, daß der Antiochus, mit dem Zunamen Soter oder Heiland, als er wider die Galater hat streiten wollen, in einem nächtlichen Gesichte den Alexander vor sich habe stehen gesehen, welcher ihm befohlen, er solle seinen Soldaten zur Parole oder zum Feldzeichen das Wort »hygiainein« geben. Dieses Wortes verblümte Schreibart ist auch schon vorzeiten erfunden und gebräuchlich gewesen, nämlich ein dreifacher Triangel, ineinandergesteckt und -verschränkt und aus den gleichen Linien formiert, welche sich untereinander schneiden. Diese Figur hat er, sich nicht säumend, bald gemacht, dieselbe in die Fähnlein gesetzt und an andere Kriegsrüstung geheftet und daraufhin einen herrlichen Sieg über die Galater erhalten.

Die Vision des Königs Alfons

❡ Alphonsus, welcher von seinen Soldaten einhellig zum König ist ausgerufen und erklärt worden, wiewohl wider seinen Willen, als er um der Lehre Christi willen wider fünf mächtige Könige aus Mauretanien zu Felde lag (denn sie sagten, es gezieme sich nicht, daß tapfere Soldaten einen solch harten Kampf wider so mächtige Könige sollen antreten, wenn sie nicht von einem Könige kommandiert und angeführt werden), habe, so berichten die Historienschreiber, ehe die Schlacht angefangen, am Himmel den Herrn Christus am Kreuz hängen gesehen, der ihm den Sieg versprochen. Denselbigen habe dieser gläubige Fürst so angeredet: O Herr Christus, weil ich gewiß weiß, daß du Gottes Sohn bist und der wahre Heiland der ganzen Welt, ist's nicht nötig, daß du dich mir offenbarst. Gehe hin und zeige dich den Feinden des christlichen Glaubens, so daß sie uns nicht mehr bekriegen, daß sie gläubig werden und erkennen, daß durch deinen Tod die ganze Welt lebt! Nachdem er nun die fünf Könige überwunden, hat Alphonsus nach derer Zahl unten an seinen schneeweißen Schild, den er damals führte, fünf andere himmelblaue hängen und auf einen jedweden zum Gedächtnis der Wunden Christi fünf weiße Punkte in Gestalt eines lateinischen V malen lassen. Dieses Wappen ist seit der Zeit von den Königen in Lusitania oder Portugal beibehalten und von ihnen in großen Ehren gehalten worden.

Die Vision des Kaisers Kontantin

Als um das Jahr Chriuti 312 Kaiser Constantinus Magnus noch ein Heide war und mit Maxentius, seinem Feinde, im Kampf zusammentreffen sollte, erschien ihm auf sein Gebet, das er auf Grund der Ermahnung seiner frommen Mutter, der Helena, zu Gott im Himmel richtete, ein feuerrotes Kreuz mit dieser Unterschrift: In hoc signo vinces (In diesem Zeichen sollst du siegen!), wodurch der Kaiser gestärkt wurde, einen Heldenmut faßte, das Kreuz in alle seine Fahnen machen ließ und den Feind aus dem Feld schlug.

Noch vollendeter erzählt ebendiese Geschichte Harßdorfer: Constantinus hat im Traum ein Kreuz gesehen und eines Engels Stimme dabei gehört: Hoc signos vinces. Da hat er dieses Kreuz in seine Fahnen malen lassen, dem Heere vorangeführt und nachmals den Sieg erhalten.

Der Teufel von Kreta und der Pfeifer von Hameln

℄ Nicephorus gedenkt eines Teufels, welcher im Land Kreta schier ein Jahr herumgewandert und die Juden überredet, er sei Moses, der vor Zeiten die Hebräer aus Ägypten durch das rote Meer geführt habe; und er wolle nun desgleichen tun und sie aus Kreta mitten durch das Meer wieder in das Gelobte Land bringen. Er hat sie so an das Meer geführt und viele im Wasser ersäuft. Und es wären schier alle ersoffen, wenn sie nicht durch Christen errettet worden. Der Prediger aber ist danach nicht mehr zu finden gewesen.

℄ Ebenso ist es in der Stadt Hameln vor Zeiten zugegangen, worüber ihre Chronik berichtet, daß einst ein fremder Pfeifer in die Stadt gekommen und mit seiner Pfeife einen großen Haufen Kinder aus der Stadt geführt und in ein Loch gebracht und daß danach weder Pfeifer noch Kinder je wieder gesehen worden.

Das wütende Heer

Version I:

¶ In Thüringen, welches – wie Italien von dem Meer – so von lauter Wald unten und oben umzingelt wird, werden des öfteren, doch besonders um die heilige Weihnacht und die Fastnacht, nicht allein auf dem Felde, welches gewöhnlich zu geschehen pflegt, sondern auch in den Städten und Dörfern selbst eine ziemliche Menge Gespenster, Trugbilder und Teufelsgaukeleien gesehen, unter welchen sowohl lebender als auch toter Leute Gesichter in großer Anzahl oft erkannt werden, welche bisweilen wie ein Trupp Musketiere sich aufführen, indem sie hin und her streifen und marschieren. Und dieses Ding ist keineswegs erlogen, sondern steht außer allem Zweifel. Es soll aber vor diesem Teufelsheer ein ansehnlicher alter und grauer Mann, welchen sie den getreuen Eckhard nennen, herziehen und mit einem Stekken, welchen er hin und her bewegt, voranmarschieren und das herannahende Volk, welches sich nach unserer angeborenen Art allezeit lüstern und begierig zeigt, ermahnen, es möge etwas aus dem Weg gehen oder zur Seite treten oder ganz nach Hause gehen, damit sie ihm nicht durch ihre Kühnheit und Unbesonnenheit ein unnötiges Unglück über den Hals zögen. Ihm nach soll allerhand Teufelsgeschmeiß in großen Truppen folgen, allerhand Gestalt haben, gar greulich und scheußlich aussehen, indem etlichen die Köpfe abgehauen, etliche das Gesicht auf der Brust tragen, etliche die Hände und Arme verloren haben, etliche auf nur einem Fuß daherhinken, etliche die Beine auf die Schulter gelegt haben und dennoch geschwind fortlaufen. Es sollen auch welche darunter sein, die wie Ixion an große Räder gebun-

Die apokalyptischen Reiter. Holzschnitt von Hans Burgkmair. Aus: Das Neue Testament. Gedruckt von Silvan Othmar, Augsburg 1523

den sind und diese ohne Unterlaß herumwälzen. Man hört dabei viel Jägergeschrei und Hörnerblasen und Hundegebell und sieht viele Hasen, die gejagt werden; es grunzen Schweine und es brüllen Löwen usw. Dieser Gespenster Aufenthaltsort soll sein der Hörselberg, dessen Vorhof, wenn er mit Besen gekehrt und der Sand eben gemacht wird, dennoch des folgenden Tags die Fußtapfen unterschiedlicher Tiere aufweisen soll.

℄ Zu dem Zuvorgesagten will ich noch hinzufügen, daß dieses Gespenster-Kriegsheer nicht allein in Thüringen solche Possen treibt, sondern auch in der Grafschaft Mansfeld beim Harzwald, in Franken, Schwaben, ja auch andernorts herumschweifen soll.

Version II:

℄ Ich habe gehört von dem Würdigen Herrn Johann Kennerer, Pfarrherrn zu Mansfeld, seines Alters über 80 Jahre, daß in Eisleben und im ganzen Mansfelder Lande das wütende Heer (so haben sie's genannt) vorübergezogen sei, jedes Jahr zum Fastnachtsdonnerstag. Und die Leute sind herzugelaufen und haben darauf gewartet, nicht anders als ob ein großer und mächtiger Kaiser oder König vorüberziehen solle. Vor dem Haufen ist ein alter Mann hergegangen mit einem weißen Stabe, der hat sich selbst der getreue Eckhart genannt. Dieser alte Mann hat die Leute heißen aus dem Weg gehen, hat auch etliche Leute sogar heimgehen heißen, da sie sonst Schaden nehmen würden. Nach diesem Mann sind etliche geritten, etliche gegangen. Und es sind Leute gesehen worden, die erst kürzlich in den Orten gestorben waren, auch solche, die noch lebten. Einer ist geritten auf einem Pferd mit zwei Füßen. Ein anderer ist gelegen gebunden auf einem Rad, und das Rad hat sich von selbst vorwärtsbewegt. Ein dritter hat einen seiner Schenkel über der Achsel getragen und ist trotzdem schnell gelaufen. Wieder ein anderer hat keinen Kopf gehabt. Und der Stücke gab es noch viele.

ℭ In Franken ist derartiges noch neulich geschehen. Und in Heidelberg hat man's oft im Jahr gesehen, wie man mir berichtet hat. Und es ist nicht seltsam, daß die bösen Geister sich in solchen Gebärden des öfteren auch anderswo antreffen lassen, wie solches bezeugt der Autor der »Hundestägigen Erquickstunden«: Diese Geister erscheinen bisweilen in großer Anzahl (als seien sie geordnete Soldatentrupps, die aus den Bergen hervorgekrochen sind), treiben auf den Feldern verwunderliche und seltsame Händel und Possen mit Tanzen, Springen und ungewöhnlichen Gebärden, geben von sich einen Klang, als seien sie Soldaten unter einem Obristen und wollten gegeneinander scharmützeln, darauf einen harten Klang, als sei es ein Glockenklang oder des Obristen Signal, eilen dann wieder in guter Ordnung zu ihrem Berg und verschwinden.

Der nordische Geister- oder Seelentanz

❨ Die Wandersleute, die zu nächtlicher Zeit auf dem Feld sind und das Vieh hüten, sehen und erfahren viele wundersame Gespenster, denn an vielen Orten in den nordischen Ländern halten solche Geister oder Teufelsgespenster ihre Tanzkreise mit allerhand Gesang und Saitenspiel, deren Fußtapfen und Wahrzeichen bisweilen nach Aufgang der Sonne im Tau gespürt werden. Sie tanzen auch den Boden oder das Erdreich oftmals so tief hinein, daß derselbe Ort ringsumher aussieht, als sei er verbrannt, so daß weder Laub noch Gras mehr daselbst wächst. Solche wundersamen Nachtspiele heißen die Einwohner den Geistertanz oder Seelentanz und deuten dies so, daß sie sagen: Alle diejenigen, welche in Freuden und Wollüsten des Fleisches leben und allen bösen Begierden Raum geben und denselben als leibeigene Knechte dienen, derselben Seelen, wenn sie nun gestorben sind, müssen sich auf solche Weise auf Erden lassen umherjagen und mit ewiger Unruhe gepeinigt werden.

Rübezahl

❡ Man sagt, daß auf dem Böhmischen Gebirge des öfteren den Leuten ein Mönch erscheine, welchen sie Rübezahl nennen, der dann auch oftmals in Warmbad gesehen wird. Und wenn die Leute über den Wald reisen wollen, aber den Weg nicht gut kennen, gesellt er sich zu ihnen, als wolle er mit ihnen wandern und spricht zu ihnen, sie mögen unbekümmert sein, der Weg sei ihm gar wohl bekannt, er wolle sie sogar einen richtigen Fußsteig durch den Wald führen. Wenn er sie nun im Wald auf einen Irrweg geführt, so daß sie nicht wissen, wo sie weiter sollen, so springt er geschwind auf einen Baum und hebt dermaßen mit heller Stimme an zu lachen, daß es in den ganzen weiten Wald erschallt. Dieser Mönch oder Rübezahl ist niemand anders als der Teufel selbst, welcher sich in eines Mönchs Gestalt verkleidet und solche Sachen vornimmt und treibt.

Spukerlebnis eines Lausitzer Edelmannes

❡ Am Sonntage Judica, welchen man den schwarzen Sonntag nennt, im Jahre Christi 1556 sind etliche junge Edelleute, neun oder zehn ungefähr, in ein Dorf in der Lausitz gekommen, um dort eine Predigt zu hören, welches sie auch getan. Nach gehaltener Predigt haben zwei Junker, die im Dorf beisammengewohnt und noch Junggesellen gewesen, die Fremden zu sich in ihre Behausung geladen, allda sie ihnen nach Vermögen mit Essen aufs Gütlichste getan. Damit sie aber ihren guten Willen genugsam zum Ausdruck brächten und die Gäste fröhlich machten, haben sie alsbald angefangen, den Gästen zuzutrinken. Dasselbe hat den ganzen Tag über, bis an den Abend gewährt, bis sich dann unversehens zwischen zweien der Gäste ein Zank um ein Glas Bier, das einer dem anderen nicht hat wollen Bescheid tun, erhoben, dermaßen, daß sie einander nach den Köpfen geschmissen, so daß die rote Würze nachgefolgt.

❡ Unter den anderen Gästen ist ein junger frommer Edelmann von 20 Jahren gewesen, der mit den Wölfen hat heulen und der andern Spottvogel hat sein müssen, den sie zu ihrem Vergnügen geneckt haben. Derselbe, als er gesehen, daß die beiden ungeachtet dessen, daß sie sich versöhnt hatten, auch weiterhin gegeneinander grunzten, hat gedacht, es würde nichts Gutes dabei herauskommen, sondern das Letzte ärger werden denn als das Erste, und machte sich deshalb auf und geht heim zu seinem Vater und nimmt einen der beiden, die sich entzweit hatten, mit sich. Der Vater heißt sie willkommen und bittet seines Sohnes Gast, er möge sich niedersetzen und läßt ihm das beste Trinken auftragen. Nachdem sie sich nun wohl berauscht, geht der Vater mit des

Sohnes Gast zu Bette, samt dem ganzen Hausgesinde. Der Sohn aber, weil er den ganzen Tag über gezecht, bleibt alleine auf den Armen auf dem Tisch liegen, welches er früher öfters getan hatte, weshalb der Vater nicht weiter darauf geachtet, sondern hat ihn liegen lassen und gedacht: Wenn er das Bier ausgeschlafen hat, wird er schon zu Bett zu finden wissen. Indem man aber im ersten und tiefsten Schlaf ist, kommen zum Stubenfenster hineingekrochen etliche Gespenster, durch welcher Rauschen und Rasseln er erweckt worden. Er sieht sie an, kann aber nicht sehen, wieviel oder was es sei. Doch dünkte es ihm hernach, sie hätten kleinen schwarzen Männlein, etwa eine Spanne lang oder etwas länger, gleich den geschnitzten Bildlein in den Kirchen, ähnlich gesehen.

℄ Wie nun dieses Geschwärm um ihn her, unter, neben und auf dem Tisch und den Bänken krabbelt und kreucht und auch ein Licht in die Stube kommt, kommt ihn große Furcht und Schrecken an, und er will eilends zur Tür hinaus, kann aber nicht weiter als bis vor den Tisch kommen, denn er wird gewahr bei der Stubentür eines großen schwarzen Mannes mit einem schwarzen Bart und eines neben diesem auf einem Leuchter stehenden großen Lichtes. Während er diesem zusieht und weder aus noch ein kann, setzen sich die kleinen schwarzen Männer, aus welchen große Männer wurden, alle um den Tisch herum und bringen behende unter dem Tisch hervor Licht und Leuchter.

℄ Wie es nun hinter ihm auch Licht wird, sieht er auf dem Tisch vier Leuchter und auf jedem ein Licht stehen, des Weiteren Kannen und Gläser voll Bier und den Tisch voll besetzt mit großen Männern mit langen schwarzen Bärten, schwarzen Mänteln, zerschnittenen weißen

Wämsern, langen braunschweigischen Hüten, mit schwarzen und goldenen Hahnenfedern vermengt, goldenen und silbernen Schnüren, an denen lange Trödel hängen. Und es dünkte ihm, daß die Männer etlichen seiner Mitgesellen, mit welchen er den ganzen Tag gezecht, ähnlich und gleich gesehen, deren einer nach dem anderen zu ihm gesagt: Hans, es gilt dir! Hans, tu Bescheid! Hans, du mußt Bescheid tun! Hast du heute können saufen, so mußt du mit uns jetzt auch saufen, oder wir wollen dir den Hals umdrehen! Über diesem grausamen Gesicht und Geschrei wird er wie halb tot, fällt vor dem Tisch auf seine Knie nieder, hebt seine Hände auf und will beten. Alsbald gesellt sich zu ihm ein Mann in einem weißen Kittel, mit schönen gelblichen langen Haaren und sehr lieblichem und freundlichem Angesicht wie dem einer schönen Jungfrau. Er hat aber nicht gesehen, wo derselbe hereingekommen. Dieser spricht: Hans, trink nicht mit ihnen! Denn sobald du mit ihnen trinken wirst, werden sie dir den Hals brechen. Sondern bete und rufe zu Gott dem Herrn im Namen Jesu Christi! Der wird dich aus dieser gegenwärtigen Not erretten und von dieser bösen Gesellschaft erlösen, so daß sie dir nichts werden können anhaben. Er hat also angefangen zu beten, sich aber in seinem Schrecken nicht wohl besinnen können. Da hat ihm der Mann im weißen Kittel beten helfen und gesagt, daß er heute abend einen Totschlag verhindert, dem er zuvorgekommen und den er verhütet hätte, indem er seinen Gast mit heimgenommen, denn wenn er bei den anderen geblieben wäre, wäre noch den Abend ein Totschlag geschehen; und dies sei auch zum Teil die Ursache, weswegen diese Gesellschaft ihn vor anderen anfechte und ihm so heftig zusetze.

Die dämonischen Horden der Hölle fangen die Seelen der Sünder. Albrecht Dürer zugeschrieben. Aus: Warning vor der falschen lieb dieser werlt, Nürnberg 1495

❨ Als er aber von ihm hat scheiden wollen, hat er ihm zuvor gesagt, wie übel sie mit ihm umgehen, ihn plagen und martern würden; er aber solle seines Gebetes pflegen, mit demselbigen fleißig anhalten, mit ihnen nicht trinken, sich auch nicht umsehen bei Verlust seines Lebens; Gott der Allmächtige würde ihm beistehen und ihn erretten durch seinen lieben Sohn Jesu Christus. Wahrzeichen seiner Errettung aber würde sein, daß sie ihn verlassen würden, sobald der Hahn zum erstenmal krähen werde. Weiter hat er ihn auch zur Buße ermahnt und zur Besserung des Lebens, besonders aber, daß er sich hinfort vor dem viehischen, unmenschlichen Laster des Fressens und Saufens, auch vor Fluchen und Schwören bei Gottes Marter und Wunden hüten solle. Und hat ihm letzlich als zu einem Valete ernstlich befohlen, am morgigen Tag ohne jede Verzögerung zur Beichte und zu Gottes Tisch zu gehen und dieses alles, wie es ihm ergangen, seinen Zechgesellen zu berichten und ihnen zu sagen, daß sie beizeiten, ehe sie der gerechte und schreckliche Zorn Gottes überfallen werde, von ihrem rohen und gottlosen Wesen Abstand nehmen, Buße tun und sich bekehren sollten, darüberhinaus auch zur Beichte gehen und das hochwürdige Sakrament empfangen. Nachdem er dies gesagt, ist er verschwunden. Der Junker bezeugt hoch und teuer, daß ihm sehr wohl gewesen und er sich auch fast nicht gefürchtet habe, solange der Mann bei ihm gewesen. Bald aber nachdem er weggegangen, treten zwei schwarze lange Männer zu ihm, ein jeder auf eine Seite; die sind gestaltet gewesen wie die am Tische, bis darauf daß sie weite lange Pluderhosen, die bis auf die Erde hingen, welche er an den anderen, als sie am Tisch gesessen, nicht gesehen hat, und sehr große Augen, wie Käsenäpfe gehabt. Die fassen ihn erst recht an. Denn weil er denen am Tische, die ihm haben zugetrunken, nicht Bescheid tun wollen, kneipen und zwacken sie ihn dermaßen in die Ohren, daß man an ihm das Malzeichen länger als vierzehn Tage danach noch gesehen und er dieses sichtbar zum Zeugnis hat tragen müssen. Und es dünkte ihm, daß er sehr und heftig geschrieen habe; und er wundere sich nur, daß es niemand gehört, obwohl das Gesinde sagt, daß es Schreien gehört, aber gemeint, der Vater schlage den Sohn oder es seien noch mehr Gäste gekommen, die sich untereinander schlügen, darein sie dann nichts zu reden und noch viel weniger zu tun hätten; haben's deshalb hingehen und gut sein lassen, sind darüber wieder eingeschlafen und nicht aufgestanden.

❨ Etliche der schwarzen Männer aber lagen ihm zu Füßen unter dem Tische, zupften und rupften ihn, bleckten ihn auch an. Das alles hat solang gewährt, bis daß der Hahn zum erstenmal gekräht. Alsbald sind sie in einem Augenblick mit großem Ungestüm mit Lichtern und Leuchtern und allem, was sie mitgebracht und auf dem Tisch gestanden, verschwunden und haben ihn allein in der Stube gelassen. Als er sich nun ein wenig besonnen und wieder zu sich selbst gekommen, kriecht er auf allen Vieren zur Stubentür hinaus, winselt und heult, bis daß es das Gesinde und der Vater hört. Der läßt ihm alsbald ein Licht bringen, geht hinzu und findet seinen Sohn an der Stubentür liegen, fragt, was mit ihm sei, wie er vor die Tür gekommen, wer bei ihm gewesen und ihm etwas getan habe. Der Sohn antwortet, der Vater wolle ihn diesmal nicht so heftig fragen, er wolle es ihm in 3 Tagen sagen; dieses aber könne er ihm nicht vorenthalten, daß ein Mann in einem weißen

Kittel bei ihm gewesen, der hätte ihm befohlen, am künftigen Morgen zur Beichte und zum hochwürdigen Sakrament zu gehen, welches er auch mit Hilfe des Allmächtigen und sofern ihm Gott sein Leben erhalten würde, tun wolle. Als der Vater dieses vom Sohn hört, erkennt er, daß er eine Vision gehabt, hält mit Fragen inne und nimmt ihn mit sich in seine Kammer zu Bette. Am Morgen geht der Sohn zum Pfarrer, beichtet und erzählt ihm, wie es ihm die Nacht über ergangen, begehrt die Absolution und das heilige Sakrament. Der Pfarrer entsetzt und verwundert sich, weil er am Vortag erst bei ihm in der Predigt gewesen war; und obwohl es ihm bedenklich erscheint und bekümmert, hat er ihm doch auf seinen ernsten und beständigen Bericht hin die Absolution und das hochwürdige Sakrament mitgeteilt. Am dritten Tag berichtet er alles nicht nur seinem Vater und seinen Zechgesellen, wie er es zugesagt, sondern auch vielen anderen. Insbesondere aber erzählt er's seinen Zechgesellen. Diese kehren sich an seine Rede nicht, ja verachten's, halten's für einen Possen und Schwank oder vielmehr für einen Traum, der ihm die Nacht über, weil er voll gewesen, im Schlaf vorgekommen, gehen weiter ihre alten Wege und lassen sich nicht beirren. Diese Historie und Geschichte hat der Pfarrer desselben Orts mit Bewilligung und auf Geheiß des Edelmanns, dem es geschehen, öffentlich von der Kanzel verkündigt. Und Hiob Fincelius, der diese Geschichte aufgezeichnet und in Druck gegeben hat, schreibt, daß ihm Namen und Ort wohlbekannt seien.

Die Siebenschläfer in der Finnmark

❨In der Finnmark, welche ein Teil von Norwegen ist, findet man am Meer in einem Felsenloch sieben Männer in römischer Kleidung, welche dort seit vielen hundert Jahren schlafen, in unzerrissenen Kleidern und mit unverwesten Leibern. Wie einen von diesen ein verwegener Mensch hat ausziehen wollen und plündern, da sollen seine Arme verdorrt sein, seitdem sich bis zum heutigen Tag keiner mehr an ihnen vergreifen will, damit ihm nicht dergleichen widerfahre.

Die ephesinischen Siebenschläfer

❨Während der Verfolgung unter Kaiser Decius sollen sich sieben Brüder aus Ephesus in einer Höhle verkrochen haben und dort eingeschlafen und nicht eher erwacht sein als nach Verlauf von 200 Jahren. Ihre Namen sollen sein: Malchus, Maximianus, Martinianus, Dionysius, Johannes, Serapio und Constantinus. Geschehen aber soll es sein um das Jahr Christi 447.

Zwei Dominikanermönche durch die Inquisition auf den Scheiterhaufen gebracht, weil sie angeblich einen Pakt mit dem Teufel geschlossen hatten. Aus: Histoire véritable de quatre lacopins. Genf 1549

Die Wasserprobe im Rhein

❡Es berichten die Historienschreiber, daß die alten Deutschen den Brauch gehabt, ein Kind, wenn es geboren, nach den Rhein zu tragen und es nackt auf einem Schild in denselben zu legen. Ist nun das Kind oben geblieben und auf der Höhe geschwommen, ist's für ein ehrliches und echtes Kind gehalten worden. Ist's aber untergegangen und zu Grunde gesunken, ist's für ein Hurenkind und für unehrlich, die Eltern auch für leichtfertige Leute gehalten worden. Daher soll auch dieses Wasser den Namen bekommen haben, daß es der Rhein genannt worden, weil es die reine und ehrliche Geburt der Kinder bekräftigt.

Öffentliche Hinrichtung von Hexen. Aus: Sir George Mackenzie, Law and Customs of Scotland in Matters Criminal. Edinburgh 1688

Die Teufel in Schweinsgestalt

❨ Eine Zeitlang haben sich in den Kirchen der Arianischen Teufel in der Gestalt von Schweinen sehen lassen. Solche Gespenster haben sich auch bei den Heiden viel gezeigt.

Das Wägen der Seelen durch den Erzengel Michael. Holzstich aus Ars Moriendi. Gedruckt von Johann Weissenburger, Landshut 1514

Nachwort des Herausgebers

In »Blockes-Berges Verrichtung« (1. Auflage: 1668; 2., unveränderte Auflage: 1669) haben wir eine Art Lehrbuch des Hexenwesens vor uns, wobei der als d i e deutsche Hexenversammlungsstätte berühmt-berüchtigte Brocken oder Blocksberg im Harz, der auch titelbestimmend gewesen ist, als Ausgangspunkt der ganzen Darstellung dient. In dem Werk ist eine Vielzahl antiker, mittelalterlicher und zeitgenössischer Quellen verarbeitet. Man kann sagen, es findet so ungefähr alles Berücksichtigung, was bis zur Mitte des 17. Jahrhunderts über die Hexenthematik geschrieben wurde. Der Autor steht auf dem Boden der altprotestantischen (lutherischen) Dogmatik und ist demgemäß nicht nur von der Realität des Teufels als einer individuellen metaphysischen bösen Macht und der Existenz von dem Teufel unterstellten bösen Geistern überzeugt, sondern ebenso von der Möglichkeit eines Bündnisses einzelner Menschen (Hexen und Zauberer) mit dem Teufel. Das von ihm reichhaltig dargebotene Material – Geschichten, Sagen, Berichte, Prozeßakten, Bibelstellen und Theologenmeinungen – soll den Nachweis der Richtigkeit des von ihm vertretenen Systems des Teufels- und Hexenglaubens liefern, womit freilich eine weithin unkritische Verwertung des überkommenen Stoffes verbunden ist (was uns nicht zu einer pauschalen und damit nicht minder unkritischen Negierung der in seinen Quellen bezeugten okkulten Phänomene verleiten sollte, ganz abgesehen davon, daß es zumal im 16. und 17. Jahrhundert tatsächlich Schwarze Messen gegeben hat, ein Faktum, das auf manche der von ihm überlieferten Berichte über Teufelsanbetung ein neues Licht werfen könnte).

Das Buch wendet sich übrigens nicht an ein enges Fachpublikum, etwa Theologen und Juristen (wie es der »Hexenhammer« tut), sondern an breitere Leserschichten. Die belehrende und unterhaltende Darstellungsweise entspricht der Tendenz zum Volksschriftsteller und -pädagogen, die wir auch sonst bei Praetorius beobachten können. Der Autor, eigentlich Hans Schultze, latinisiert Johannes Praetorius, stammt aus der Altmark, wo er am 22. 10. 1630 in dem Dorfe Zethlingen als Sohn eines Gastwirts, der wohl zugleich das Amt des Dorfschulzen innehatte, geboren wird. Seit 1652 studiert er in Leipzig Poesie und Naturwissenschaft und wird 1655 Magister. In der Folgezeit hält er in der Pleißestadt Vorlesungen über Astrologie, Chiromantie und Geographie und betätigt sich nebenher als Schriftsteller. Bis jetzt kennen wir von ihm über 40 Schriften, die sich vor allem mit dem Volksaberglauben und anderen okkulten Bereichen befassen. Bis an sein Lebensende in Leipzig wohnend, stirbt er am 25. 10. 1680 an der Pest, die damals dort wütet. Zwar nimmt Praetorius in der deutschen Literaturgeschichte keinen erstrangigen Platz ein, aber seine Werke, die auch heute noch eine wahre Fundgrube für volkskundlich Interessierte darstellen, haben auf nicht wenige namhafte Dichter und Gelehrte eingewirkt. Zu nennen sind hier in erster Linie Musäus, Goethe, Arnim, Brentano, Görres, die Brüder Grimm und Heine.

So ist etwa Musäus' »Rübezahl« (im Rahmen seiner »Volksmärchen der Deutschen«) ohne die große, 4teilige, 1662–72 erschienene Rübezahl-Dämonologie des Praetorius nicht denkbar. In ihr hat er 250 umlaufende und von ihm dazuerfundene Geschichten über den schlesischen Berggeist gesammelt. Seine Bedeutung für

die literarische Formung des Rübezahlstoffes ist durchaus dem vergleichbar, was ein reichliches Jahrhundert früher der anonyme Verfasser der »Historia von D. Johann Fausten« (1587 erschienen) in Bezug auf den Fauststoff geleistet hat.
Die literaturgeschichtlich bedeutendste Wirkung der Werke des Praetorius, vor allem von »Blockes-Berges Verrichtung«, ist jedoch die, daß sie zu einer Quelle für Goethes »Faust« geworden sind. Beispielsweise geht das Walpurgisnacht-Szenarium direkt auf das genannte Hexenbuch zurück. Goethe selbst erwähnt den »Mißgestalten liebenden Praetorius« mehrmals in seinem Opus, so in den »Tag- und Jahrheften von 1805« und in den »Faust-Paralipomena«.
Und die Brüder Grimm schreiben im Vorwort zu ihrer umfangreichen Sammlung »Deutsche Sagen«: »Unter den geschriebenen Quellen waren uns die Arbeiten des Johannes Praetorius weit die bedeutendsten.«
Mit den hier vorgelegten »Blocksbergsgeschichten« werden die in »Blockes-Berges Verrichtung« eingestreuten Hexen-, Zauber- und Spukgeschichten erstmals gesondert zugänglich gemacht. Es wurde dabei versucht, die barocke, heute nicht mehr so ohne weiteres verständliche Sprache des Originaltextes behutsam dem neueren Sprachgebrauch anzugleichen, ohne den Eindruck, ein Schriftwerk der alten Zeit vor sich zu haben, zu verwischen.

Der Aufbau von »Blockes-Berges Verrichtung«
(mit den Originalüberschriften)

1. APPENDIX SUMMARIA. Beschreibung des Blokkes-Berges / wie auch des alten Reinsteins / und dann der Baumans Höle am Hartz.
2. Des Blocks-Berges Erster Theil. Die Vorbereitung Oder Bahnung zum Blocks-Berge.
   a. Das I. Capittel. Von denen Orten an welchen es viel Gespenster giebet.
   b. Das II. Capittel. Von des Blockes-Berges Beschreibung.
3. Ander Theil des Blockes-Berges.
   a. Das I. Capit. Von denen Personen/ welche bey der Hexen Gasterey sich befinden lassen.
   b. Das II. Capittel. Von der Hexen Reisefahrt: Ob sie nemlich in der That und Wahrheit leiblicher weise/ oder nur in Gedancken/ ihrer Phantasey und Einbildung nach/ zu ihren Gastereyen und Conventen kommen?
   c. Das III. Capittel. Von dem Orte/ da die Hexen hien fahren sollen.
   d. Das IV. Capittel. Von denen Stücken und Mitteln/ vermöge welcher die Hexen zu ihren Versammlungen fahren.
   e. Das V. Capittel. Von denen Ursachen/ warumb die Hexen zu ihren Versammlungen fahren müssen.
   f. Das VI. Capittel. Von der Art und Weiß/ wie es mit der Hexenfahrt zugehe?
   g. Das VII. Cpitel. Von der Zeit/ wann die Hexen ihre Blocksberges-Fahrt vor zunehmen pflegen.
   h. Das VIII. und letzte Capitel. Wie lange der Hexen-Convent währe/ ehe sie wieder von einander reisen?

Inhaltsverzeichnis

III. Von einzelnen Hexen und Zauberern:

IV. Von übernatürlicher Buhlerei:

VI. Von anderen wundersamen Begebenheiten:

Deutsche Literatur

Gottfried Keller. Züricher Novellen
Mit einem Nachwort von Werner Weber. it 201

Heinrich von Kleist. Die Erzählungen
Herausgegeben von Rolf Tiedemann. it 247

Heinrich von Kleist. Geschichte meiner Seele
Das Lebenszeugnis der Briefe. Herausgegeben von Helmut Sembdner. it 281

Heinrich von Kleist. Der zerbrochene Krug
Ein Lustspiel. Mit Radierungen von Adolph Menzel. Mit einem Nachwort von Hans Joachim Piechotta. it 171

Heinrich von Kleist. Die Marquise von O
Mit Materialien und Bildern aus dem Film von Eric Rohmer. it 299

August Klingemann. Nachtwachen von Bonaventura
Mit Illustrationen von Lovis Corinth. Herausgegeben und mit einem Nachwort versehen von Jost Schillemeit. it 89

Lichtenberg. Aphorismen
Herausgegeben mit einem Nachwort von Kurt Batt. it 165

Wilhelm Meinhold. Maria Schweidler. Die Bernsteinhexe
Der interessanteste aller bisher bekannten Hexenprozesse, nach einer defecten Handschrift ihres Vaters, des Pfarrers Abraham Schweidler in Coserow auf Usedom.
Herausgegeben von E. Kidelen. Mit Illustrationen. it 329

Das Meisterbuch. Herausgegeben von Hermann Hesse. it 310

Eduard Mörike. Alte unnennbare Tage
Herausgegeben und mit einem Vorwort versehen von Hermann Hesse. Mit einem Essay von Wolf von Niebelschütz. it 246

Eduard Mörike. Die Historie von der schönen Lau
Mit Illustrationen von Moritz von Schwind und einem Nachwort von Traude Dienel. it 72

Eduard Mörike. Mozart auf der Reise nach Prag
Novelle. Mit Illustrationen von Hugo Steiner-Prag. Mit einem Nachwort von Fraucke Dienel. it 376